SINGOALLA
AV
VIKTOR RYDBERG

Singolla
Copyright © Jiahu Books 2015
First Published in Great Britain in 2015 by Jiahu Books – part of
Richardson-Prachai Solutions Ltd, 34 Egerton Gate, Milton Keynes,
MK5 7HH
ISBN: 978-1-78435-124-3
Conditions of sale
All rights reserved. You must not circulate this book in any other
binding or cover and you must impose the same condition on any
acquirer.
A CIP catalogue record for this book is available from the British
Library
Visit us at: jiahubooks.co.uk

Förord 5

Förra avdelningen.

Slottet i skogen	7
Singoalla	11
Längtan	14
Främlingarne från Egypti land	17
Erland och Singoalla	19
I skymningen vid skogsbäcken	23
Tvekampen	26
Lägret	27
Avtåget	29
Natten	39
Giftdrycken	42

Senare avdelningen.

Sorgbarn	44
Riddaren och pilgrimen	52
Grottan	56
Den hemliga kraften	61
Dag och natt	66
Den sista nattvandringen	72
Dagningen	79
Pesten	84
Skogens eremiter	90

Singoalla dramatiserad (fragment)	92
Utgivarens tillägg och anmärkningar	98

FÖRORD TILL ANDRA UPPLAGAN (1865).

På en välvillig förläggares anmodan har jag funnit mig uti att offentliggöra åtskilliga fantasier och små historier, som jag haft bland mina papper förvarade, delvis såsom minnen från en tid, då inbillningskraften var rikare än självkritiken stark.[1] Om man nu även kan finna sig uti att läsa dem, så vore det för förläggarens skull väl.

Med rätta älskar den stora allmänheten att se en väl inriden pegasus, känslig för varje minsta ryckning i förståndets tyglar. En god skolhäst är värd att prisa. Men den, som burit mig på dessa mina ungdomliga utflykter, var sin egen herre: han fick föra mig vart han ville, och så bar det av in i töckenhöljda, månskensbelysta nejder, där alla föremål tedde sig med ovissa, svävande linjer. Där trivdes jag också väl den tiden. De, som göra så ännu, skola ursäkta mig och möjligen här igenfinna sina egna intryck, sin egen känslostämning.

För andra än dem duga dessa historier svårligen, om icke, i brist på annan läsning, någon kulen höstkväll, då regnet slår på fönsterrutorna och brasan är tänd på härden.

Samlingen av dem börjas här med »Singoalla», ett kuriosum, som för flera år tillbaka varit offentliggjort i någon oläst kalender och nu, efter en mild skärskådning av sin upphovsmans öga, för andra gången framlägges.

Ifrågavarande berättelse förutskickas såsom en prövosten, ty läser någon den till slut, kunna andra väl uthärda de övriga.

Författaren.

TILLÄGNAN VID FJÄRDE UPPLAGAN.
TILL **ALBERT BONNIER**.

Då min »Singoalla» nu för fjärde gången, och det i en skrud, varmed din omsorg och Carl Larssons snille smyckat henne, framträder, är det min önskan att få offentligen med nej besvara frågan, om det mellan förläggare och författare kan finnas ett bättre förhållande än det mångåriga mellan dig och mig.

Tack!

Viktor Rydberg.

---

[1] Titelbladets fullständiga titel var »DIMMOR. *Fantasier och historier av Viktor Rydberg*. I. SINGOALLA.» Något nummer II utkom dock icke.

FÖRRA AVDELNINGEN.

Slottet i skogen.

På en holme i en av Smålands insjöar har legat ett slott, som länge tillhörde släkten Månesköld. Det utgjordes av flera sammanbyggda, eketimrade hus och hade ett runt torn, uppfört av stora granitblock. Tornmurens enformighet mildrades av en glugg här och där med rundbåge och sandstenskolonnett.

Synbarligen hade flera släktled burit virke till holmen, fogat bygge till bygge och timrat dem efter olika tiders smak och vanor.

På trettonhundratalet var slottet ett vidsträckt helt med högre och lägre takåsar, vilkas linjer bröto varandra, och med väggar, som sammanstötte i varjehanda vinklar och, fattiga på fönster, voro så mycket rikare på utsprång, svalgångar och symboliska smidesverk och sniderier. Över portalens prydligt utskurna stolpar stodo bilder av Unaman, Sunaman och Vinaman, de tre blodsvittnena, vördnadsbjudande, om än icke vackra att åse. Med sina mot höjden sträckta armar borde de nedkalla välsignelse över Ekö slott.

Holmen omgavs av ett pålverk. En fallbrygga förenade den med fasta landet.

Tiden hade målat slottet i grått och brunt. Det såg ut, som om det gömde på hemligheter, forntida och framtida. Tystnaden, som vanligen rådde där, kändes som påbjuden för att icke störa ett ruvande på minnen och aningar.

Insjön speglade furuklädda gråstensbranter. Den mörka barrskogen sträckte sig vida åt alla håll. På ett ställe sänkte sig stranden öppen mot sjön. Där skymtade mellan däldens björkar den trappvis stigande gaveln av ett kloster.

Dess stenfot finns ännu. Jag har suttit där en senhöstdag under tungsinta skyar, medan fuktiga vinddrag än prasslade, än suckade i den bleka strandvassen. Döda och döende örter dvaldes vid mina fötter; men en stålört, en styvmodersblomma bevarade ännu en senkommen, flyktig fägring. Förgängelsefärger bredde vemod över markerna och skogen. Rönnen, som skjutit upp mellan stenarne, bar på nästan avlövade grenar klasar, som lyste i den immiga dagern med några sparade droppar av sommarlivets blod. Vad klostret hette, vet nu ingen, om ej de forntidslärde. Men sägnen förmäler, att den svarta döden lade det öde, och att det sedan dess var lämnat åt förfallet.

Omkring år 1340 var riddar Bengt Månesköld herre på Ekö. Det gick ett ordstäv, redan då gammalt, att det slottet låg i tystnad, och om dess ägare, den ene efter den andre, sades, att ett ord kostade dem mer än en rundlig allmosa. Månesköldarne syntes hugade att gå sin bana ljudlöst likt månen, som enligt en saga skulle varit deras hedniske stamfaders vän och givit honom en silverskära. Bland de många vartecknen och på förfäder häntydande sinnebilderna å slottets väggar syntes likväl månskäran ingenstädes utom över porten till örtagården, men där var hon lagd under den heliga jungfruns fötter och sålunda kristnad. Sporde någon riddar Bengt om den underliga sagan, gjorde han med handen en avvärjande åtbörd, om han ej gjorde korstecknet, och svarade blott: — Det var i hedna tider. Mer sinnad att ordrikt giva besked om saken var trotjänaren Rasmus skytt.

Folket i bygden visste, varför tystnad låg över Ekö och Ekösläkten. När kristendomens budbärare — de tre, vilkas bilder över portalen lyfte blickar och händer mot himmelen — hade visat sig inne i Småland och från dess ättehögar börjat tala om vite Krist och helige fadern i Rom, hade den bland Månesköldarnes förfäder, som då levde, ivrat emot dem, samlat folket på helgedomsbackarne och i offerlundarne och manat det till trohet mot den outgrundlige Oden, den vite Balder, den väldige Tor. Till dessa avgudars ära sjöng han vid harpoklang, säges det, sånger så mäktiga, så trolska, att folket tyckte alla skapelsens röster samstämma med dem. Det förhärdade fördenskull sitt hjärta mot evangelium och drev dess sändebud bort. Därför låg tystnad över Ekö och Ekösläkten. Men tystnaden var nu icke samvetstung, såsom den förr lär hava varit. Sju fromma släktled hade bemödat sig att utplåna den hedniske sångarens skuld. Detta var samvetslättande.

Det sades, att ingen kristen Månesköld kunnat eller velat sjunga under öppen himmel — ingen före Erland, riddar Bengts son, gosse ännu. Hans stämma hade man med förundran hört icke så sällan inifrån skogsdunklet, där han, rustad med bågen och jaktspjutet, gärna strövade. Han sjöng besynnerliga tonföljder, vilda och vackra, helst när suset i tallar och granar var högstämt. Han gick ensam, när han icke ville, att Rasmus skytt skulle följa honom.

Rasmus var skicklig skogsman, väl förtrogen med de vilda djurens kynnen och vanor och mäkta lärd i allt, som vidkommer skogsrån, bergafolk och gastar. Trägnare sällskap voro för Erland dock två hundar, stora, lurviga, med blodsprängda ögon och skarptandade gap, Käck och Grip, ogärna sedda av grannarne, av vargarne ögnade med hungrig och ilsken rädsla.

Från den högsta häll, som lutade över sjön, plägade Erland kasta sig i vattnet. Simma roade honom mest, när blåsten drev fram över fradgande böljor. Folk tyckte, att det var något oroligt, vilt hos denne gosse, något efterblivet hedniskt, något i hans natur, som icke sugit till sig ett stänk av dopvattnet.

Om den gamle hedningen, den Månesköld, som icke låtit ens primsigna sig och som på dödsbädden yrat om sköldmör och odödlighetsmjöd — om denne hedning återvänt i Erland? Det frågade man sig i bondstugorna. Men Ekö husfolk försäkrade, att Erland korsade sig andäktigt och läste sina böner med knäppta händer; att han var lydig fader och moder och visade sin lärare, pater Henrik, vördnad; att han var godhjärtad, ehuru häftig, givmild, som alla Månesköldar, och mån om att vara rättvis, ehuru han visst icke alltid var det. Rasmus skytt, som trodde sig känna Erland bäst, bekräftade allt detta, men med en skakning på huvudet.

Riddar Bengt hade ej mer än fäderna gjort livet på Ekö högröstat, och hans husfru, Elfrida, den ädelvuxna, smärta, blonda, som bar Kristi bergspredikan i blicken och ett sken från Tabor på pannan, skötte sina många plikter med stilla myndighet.

Två gånger om året hölls det på Ekö gästabud, till vilka fränder och vänner från även avlägse gods och storgårdar kommo. Gästabuden voro lysande, ty guldstickade bonader höljde då salens väggar, och dyrbart husgeråd borden, och källaren skattades på kostbara drycker. Men ehuru glädjen ej var dämpad, hade den likväl avmätta later. Gästerna visste icke varför, men de kände något högtidligt, även när de, lagom druckna, leddes till sängs. Själve herr Gudmund Ulvsax, närmaste grannen, som plägade hojta snarare än tala och svärja mer än välsigna, när han fått ymnigt av öl och vin inom västen, var på Ekö hövisk, måttfull och siratlig i ord och åthävor och lallade där, sedan han blivit nedbäddad, med aktningsvärt försök till andakt sin i barndomen inövade, till ordaförståndet honom mörka latinska kvällbön, när han icke utbytte den mot morgonbönen.

Riddar Bengt var en mångprövad man. Han hade stritt under Mats Kettilmundsson för de olyckliga hertigarnes sak och i Skåne mot de holsteinska herrarne. Nu gammal och grå skötte han faderligt och klokt sina husbondeplikter. Vinterdagarne höll han sig mest i slöjdkammaren med Olof Hallstensson, dannemannen, som snidat altaret i sockenkyrkan. Där arbetade med id de fåordige männen, och fram trädde under deras händer, snidade i trä, änglar, apostlar och helgon: heliga Marior och Katarinor, den himmelske Gabriel med lilja i handen, sankt Petrus med nyckel, sankt Paulus med svärd, sankt Sigfrid med stav, sankt Georgius i rustning och sankt Sebastianus med pilar i halvnaken kropp. Den egentlige verkmästaren var Olof Hallstensson;

men riddaren gjorde icke endast grovarbetet: han skar mantelvecken skickligt och lade på färgerna väl. Många vintrar hade riddar Bengt så tillbragt. Av fromma beläten tycktes han ej få nog. Slottskapellet och klosterkapellet hade fått sina. Salen och sängkammaren andra. Även i de långa, mörka korridorerna skymtade helgon i vrå och vinkel, och på trappkrökarnes avsatser dvaldes de, försjunkna i helgedagstankar. I den del av slottet, som troddes vara från hednatid, stod sankt Sigfrid, och framför honom knäböjde den där hedningen, som hade föredragit Balder för Kristus och Oden för den heliga treenigheten. Hans beläte, det såg man tydligt, ångrade denna svåra synd och bad hjärtligen, att kommande släktled ej måtte för den varda drabbade med ont. En harpa, den trolska hednasångens, låg krossad bredvid honom. Mången natt, då riddar Bengt vaknat, tänkte han på den arme i skärselden och tröstade sig med, att själamässor och fränders goda gärningar mildra dess sveda och möjliggöra frälsningen.

Pater Henrik, Erlands lärare, hade varit vida i världen, innan han fastnade som prior i ett kloster djupt inne bland Smålandsskogarne. Det sades av hans munkar, att hans anseende som andlig och lärd var stort i fjärran land, och man visste, att konung Magnus sänkt sin hjässa lika djupt för denne prior som för ärkebiskopen i Uppsala. Och sällan gick ett år förbi, utan att med långväga resande anlände till honom brev, skrivna av själve påven i Avignon eller av de höglärde herrarne vid universitetet i Paris. Höga värdigheter hade erbjudits honom. Men han hade i sitt kloster, vad han i världen eftersträvat: tid för betraktelser och studier, tid att på pergamentet fästa sina förhoppningar om ett stundande Guds rike på jorden. Han läste gärna gamla romerska dikter, ehuru deras författare varit hedningar, och den virgilianska versen*Magnus ab integro seclorum nascitur ordo*[2] ljöd för honom med profetisk klang. Även böcker, skrivna med underliga bokstäver, läste han, om vilka de andra munkarne sade: *Græca sunt, non legunutr:*det är grekiska; sådant läsa vi icke. Ty pater Henrik hade vistats ett par år i den grekiska kejsarstaden.

Sällan gick en vecka, utan att han suttit en kväll förtöjd i Ekö slotts bekvämaste länstol med fru Elfrida å ena sidan och riddar Bengt å andra. Riddaren var fåordig men drack som oftast patern till, och blicken, som ledsagade skålen, talade om vördnad, vänskap och trevnad. Fru Elfrida var den frågande, munken den svarande och berättande. Och vad han hade att förtälja! Han hade ju sett den värld, som är, och kände ur böcker den värld, som var. Han nyttjade därvid icke överflödiga ord. Men vad de målade, de ord han sade! Fru Elfrida tillsåg, att Erland vid sådana tillfällen var närvarande. Och gossen var det gärna. Han lyssnade uppmärksamt. Sådant skall jag uppleva, sådant och mycket mer, tänkte

---

2 En ny storkrets av århundraden kommer till världen.

han.
Det hände dock, att hans uppmärksamhet flög bort. Var det en månskenskväll, kunde han svårligen giva akt på paterns ord. Han såg inom sig månen blodröd träda upp över skogen; han såg månen flyta som en silverbåt i det svala blå; han såg månen skåda in genom sovrummets fönster; han såg honom fälla en glimmande silverskära genom luftdjupet till den hedniske stamfadern; han såg flickan Bil och gossen Hjuke bortförda i månbåten och lyckliga i den; han såg månstrålar skimra i fru Elfridas klädningsveck. Sådana bilder jagade varandra då genom hans själ. Var Erland på något sätt befryndad med månen?

Knappt var det honom lättare att följa paterns ord, när insjöns vågor brusade kring ön och vinden tjöt i barrskogen. Då hörde Erland röster, som kallade honom ut och hade ofattligt dunkla sanningar att mäla honom. Då hände, att han föreställde sig en harpa, stor som världen, smyckad med blinkande stjärnor, strängad genom en blå eller en mulen oändlighet strängarne dallrande under solvävda fingrar eller strukna av dystra, stormjagade molnmassor och blåvita blixtar. Och från denna harpa flög Erlands tanke till den krossade hednaharpan vid sankt Sigfrids fot. Varför? Det visste han icke, han icke ens tänkte däröver.

När denna berättelse börjar, var Erland sjutton år, en stark och fager sven, skicklig i många idrotter, boksynt även, ofta gladlynt, stundom grubblande, snar att vredgas, snar att gottgöra, yngling i somligt, barn i annat.

Herr Gudmund Ulvsax var änkeman och ägde en blåögd dotter, Helena. Riddar Bengt och herr Gudmund menade, att de unga voro bestämda för varandra. Båda voro de enda barnen, och egendomarne lågo så, som om de borde slås ihop. Och då fru Elfrida var av samma tanke, överenskommo fäderna, att Erland och Helena skulle om några år varda äkta makar. Ännu voro de skygga i varandras sällskap. Men allt har sin tid. Kärleken sin.

Singoalla.

Så hände en sommardag, att Erland återvände från en jakt.
Överst på en kulle i skogen växte en gran, ung och smärt, men högre än alla omgivande träd. Hennes topp syntes från slottsfönstren över den kringliggande skogen, och när hon tecknade sig mot en röd aftonhimmel, var det, som om hon längtande skådade ut i världen och önskade sig fjärran till palmernas land.

Nedanför kullen sorlade en bäck över sand och kiselstenar på sin väg till sjön. Bäcken hade längre in i skogen en bråkig vandring mellan mosslupna stenar och hundraåriga trädrötter, men här utbredde sig hans stränder till en gräsmatta, där blå, vita och röda blommor prunkade. Här satt Erland ofta, glad åt furusus och enslighet; hit ställde han även nu sina steg för att dricka av bäckens friska vatten. Käck och Grip, de båda hundarne, följde honom.

Hunnen upp till kullens topp stannade han förundrad, ty nedanför skådade han något ovanligt. Där satt vid bäcken en flicka. Han såg ej hennes ansikte, ty hon blickade icke åt honom, men han såg kolsvarta lockar, gjutna över blottade skuldror och över en mörk dräkt, sirad med mångfärgade band. Flickan doppade än den ena än den andra nakna foten i bäcken. Hon fröjdades visst åt svalkan, kanske ock åt vattenbubblorna, som föddes av denna lek. Och hon började nu sjunga med gäll, välljudande röst, som fick gensång borta i skogen.

Vem var hon? En bygdens dotter var hon icke, det märkte Erland av hennes later, klädsel, sång, som lät helt annorlunda än de visor nejdens flickor sjöngo, när de sökte boskapen i vildmarken. Vem var hon då? Kanske en älva eller en förtrollad prinsessa. Tyst och undrande stod Erland på kullen, och han kände i sitt hjärta något hemligt, oförklarligt, hemskt och ändå lockande.

Men Käck och Grip fäste ilskna ögon på flickan och morrade argt. Och medan Erland stod fördjupad i åskådning och tankar, rusade Grip nedför kullen, som om han velat slita den okända i stycken.

Då märkte Erland hennes fara och kallade hunden tillbaka. Men innan det skett, hade flickan brådsnabbt vänt sig om, rest sig upp och, just som hunden borrade vassa tänder i hennes klänning, stuckit en dolk i hans hals. Med ett stycke av klänningen mellan tänderna tumlade Grip till hennes fötter.

Erlands ögon flammade av vrede, då han såg sin trogne Grips ofärd, och han ropade, i det han gick fram med hastiga steg:

— Vem är du, som vågat detta?

Men flickan såg med stora, svarta, blixtrande ögon på den blonde herresonen, hennes bruna kinder voro färgade av hög rodnad, läpparne darrade, och hon svängde den bloddrypande dolken, så att de röda pärlbanden kring de nakna armarne skramlade:

— Vill du kanske döda mig? sporde hon i häftig ton, som hade främmande brytning.

Och hon höjde dolken till försvar mot den andra hunden, som ville rusa på henne.

Erland manade Käck att lägga sig, och då denne icke genast aktade sin herres röst, gav han besten med bågen ett slag, så att han tjutande drog sig tillbaka.

Gossens och flickans ögon möttes. Det var å ömse sidor trotsiga blickar. Men huru det nu var, drog sig flickans mun till ett leende.

12

— Jag är icke rädd för dig, sade hon och kastade dolken, så att han vinande skar luften och fastnade med udden i ett träd.

Erlands vrede övergick i undran och nyfikenhet.

— Du är en ovanlig flicka — men illa vore det, om jag ej i manliga idrotter kunde tävla med en kvinna.

Han drog sin jaktkniv ur slidan och kastade honom mot samma träd. Kniven inträngde bredvid dolken i trädet, men så djupt, att halva bladet doldes i bast och bark.

Han gick till trädet och lösryckte bägge vapnen, sköljde dolken i bäcken och återlämnade den till ägarinnan.

— Du är en vacker flicka, sade han, men mycket ovanlig... Vill du, tillade han betänksamt, att jag skall döda den andra hunden, eftersom han är ond på dig?

— Nej, svarade flickan och stack dolken i slidan, som hon bar i ett bälte, hunden är oskyldig, ty de djuren äro sådana, som deras herrar vilja, att de skola vara. Men du själv måste vara en hård och elak pojke.

Och den okända lockade på Käck, som på en vink av sin herre nalkades henne krypande. Flickan smekte hans lurviga huvud.

— Förlåt mig, sade Erland, du har rätt: jag är hård och elak, men tro icke, att jag hetsade hunden. Jag ville dig intet ont.

— Jag vill tro dig. Hon såg med en djupare blick i Erlands ansikte. Bor du här i grannskapet?

— Ja.

— Farväl, sade flickan. Vi träffas visst icke mer. Hon var redan färdig att ila in i skogen, då Erland, vaknande ur en dröm, höjde sitt huvud och utbrast:

— Nej, nej, stanna!

Han sade detta med sådan ton, att den okända vände sig om.

— Låt mig veta, vad du heter, sade gossen och tog hennes hand.

— Du är nyfiken.

— Nej, jag bryr mig icke om ditt namn, om du endast vill säga mig, varifrån du är, och varför vi aldrig mer skola se varandra.

— Jag heter Singoalla, är kommen fjärran från och stannar ej å någon ort.

— Och vi träffas då aldrig mer?

— Vad bryr du dig om mig? I morgon har du glömt mig.

— Nej, jag glömmer dig aldrig.

I stället för att svara böjde sig Singoalla ned, plockade en röd blomma, kastade henne i bäcken och sprang in i skogen.

Erland stod ensam. Hans blick svävade efter den försvunna. Han stod så en stund, tyst, orörlig, drömmande. Äntligen väcktes han av Käcks tjut. Hunden såg på sin herre oroligt, ty han var ej van att se

13

honom sådan. Men Erland kastade bågen på skuldran och gick långsamt uppför kullen.

Längtan.

Följande dag återvände Erland till kullen vid bäcken. Bågen bar han i hand, och Käck följde honom, men på jakt tänkte han icke. Han tänkte på Singoalla, den bruna flickan. Han hade om natten drömt om Singoalla, att hon fattade hans hand och tryckte den, att han åter tryckte hennes, att de sågo djupt i varandras ögon och kände sig på ovanligt sätt lyckliga. En sådan dröm hade Erland aldrig förr haft; förr drömde han om strider med skogens ludna åboar, om kämpaspel och kluvna saracenturbaner.

Han kom till bäcken, men Singoalla var där icke. Måhända kommer hon, tänkte han, och han satte sig i gräset, där flickan förut suttit, och lyssnade länge till bäckens sorl. Men Singoalla kom icke. Då var det likasom bäck en viskat till honom: Sök där inne i skogen, där, varifrån jag kommer. Och Erland steg upp och följde bäcken in i skogen. Han vandrade i granars skugga, klättrade över stenar och hällar och kom så till ett ställe, avröjt av skogshuggarens yxa, men ännu obebyggt. Endast en riskoja, en sådan som kolare bygga, stod där vid lämningarna av en mila; ljung, svampar och ormgräs växte runt omkring. Här voro stakar nedslagna i marken, och medan han undrade, vartill de tjänat, kom Rasmus skytt vandrande över gladet och omtalade för junkern, att en hop främmande människor, karlar, kvinnor och barn, bruna till hy och svarta till hår och ögon, underligt klädda och underligt talande, med hästar vagnar och mycken tross, haft sina tält uppslagna på svedjelandet, dröjt där en dag och sedan vandrat norrut. Mer visste Rasmus icke förtälja, men han visade deras vagnars hjulspår, slingrande fram där träden stodo längst ifrån varandra. Och medan Erland såg på hjulspåren och tänkte, att Singoalla måste vara en av dessa människor, fann han på marken en röd pärla, lik dem, som prydde flickans armar och fotvrister. Den pärlan upptog han och gömde vid sitt hjärta, som viskade: Hon är borta, du får aldrig återse henne. Då sade Rasmus, som märkte, att Erland var mörk i hågen: — Jag såg nyss en man, som bar Grips halsband till Ekön. Grip ligger i skogen, halvt uppäten av vargarne. Sörjer ni er goda jakthund?

Så var det. Vargarne hade om natten funnit Grips kropp vid bäcken, släpat honom långt därifrån in i skogen och med lust ätit av sin gamle fiendes kött.

Erland svarade kort på Rasmus' fråga, att jakthundar finnas många, men få så goda som Grip. Han sade farväl till Rasmus, som vandrade vidare; själv gick han tillbaka till slottet.

Dagligen återvände han till kullen vid bäcken. Trodde han, att Singoalla skulle återkomma? Men sommaren led; hösten kom; de röda, blå och vita blommorna vid bäcken vissnade, såsom Erlands vilda sinne; ekarna, som stodo här och där bland granarna, gulnade och strödde sina ollon på jorden; dagen vart kortare och himlen mulnare; flyttfåglarne drogo mot söder; regnet föll i skurar; bäcken svällde över det ställe, där Singoalla en gång suttit och Erland så många gånger efter henne.

Men ännu, då kullen stod snöhöljd, kom Erland, följd av Käck, till bäcken, dock ej så ofta som förr. Han väntade icke finna Singoalla, men han älskade stället, och han sjöng sina egna sånger och lyssnade till genljudet, ty han sjöng Singoallas namn.

Riddar Bengt undrade över sonens omskiftade sinnelag och frågade mången gång, om alla vargar och rävar vore döda i skogen och alla rovfåglar borta i främmande land, eftersom Erlands jakt nu alltid felade. — Annorlunda, sade han, tala dock mina herdar, ty för ofta mäla de, att ludna rövare slagit min boskap. Till sådana ord svarade Erland föga. Men fru Elfrida gladde sig åt sonens väsen, som nu var mildare än annars; dock tyckte hon sig stundom märka svårmod och frågade, om något tryckte hans sinne. Men Erland svarade nej och såg genom salsfönstret bort till den höga granen, som växte på kullen.

Under vintern var Erland flitigare lärjunge hos pater Henrik än annars. Dagligen ställde han sin gång till klostret. Portvaktaren, brodern Johannes, som igenkände hans sätt att ringa, stack då sitt plättrakade huvud genom gluggen vid porten, hälsade junkern och öppnade för honom. Genom en valvgång mellan munkarnes celler gick Erland till bokrummet, där priorn vanligen dvaldes. Det var ett medelmåttigt stort rum med välvt tak och ett fönster, högt, bågigt, med många små blyinfattade rutor, starkt brända av solen, så att de utanför stående björkarna, när de vajade för vinden, syntes som gröna skuggor. Väggarna voro klädda med bokskåp, sirade av bildverk; de i kalvskinn bundna böckerna stodo med kedja och lås fästa i väggen. Till låsen ägde priorn nyckeln. Varsamhetsmåttet hade ett tvåfaldigt syfte: att skydda de oskattbara verken mot tjuvhänder men ock att hindra munkarne nedtaga och läsa böcker utan priorns vetskap, ty, som han sade, många av dessa verk voro skrivna av romerska hedningar och farliga för oprövade sinnen.

Men lärjungen steg dag för dag i lärarens ynnest. Så hände en vinterafton, då Erland satt vid hans sida i bokrummet, att priorn slog igen den »kyrkofader», i vilken de läst, och med ett betydelsefullt anlete gick till bokskåpet, frigjorde en annan bok ur hennes fängelse och lade den framför lärjungen.

Han är icke längre barn, sade priorn till sig själv; hans förstånd mognar märkbart; jag tvekar icke att under min ledning låta honom läsa

15

denna bok. Den är farlig. Men det är just en sådan fara, som väntar hans ålder och kan göras mindre farlig genom en äldre vän.

Det var skalden Ovidius' bok »Förvandlingarna». Med omtanke valde priorn de stycken, han tyckte lämpliga att läsa.

Och sålunda läste de om Heros och Leanders kärlek, och Erland gav åt Hero Singoallas anletsdrag; de läste om Pyramus' och Tisbes kärlek, och Erland gav åt Tisbe Singoallas strålande ögon, bruna hy och purpurläppar.

Han läste om deras kärleks, nej, ej deras kärleks, men deras ödens olyckliga slut, och sagan ville röra honom till tårar.

Likasom fru Elfrida gladdes pater Henrik åt Erlands ändrade lynne. Ofta satt han med gossens händer i sina och omtalade något, hämtat ur sin levnads rika erfarenhet. Ofta lade eftertanken en sky på hans panna, och hans ögon fästes granskande på Erland. Det var, som han gärna velat säga denne någonting men ändå tvekade göra det. Stora tankar rörde sig i paterns själ, men han tvivlade, att Erlands sinne ännu vore lämplig jordmån för de frön, han ville utså.

En vinterkväll närmare våren hände, att, sedan läraren och lärjungen studerat tillsammans, den gamle lade sina händer på den unges axlar, och hans ögon lyste av hänförelsens eld. Med halvt viskande röst, som ljöd högtidlig och hemlighetsfull i det av lampan matt upplysta valvet, talade han om andens herravälde över det lekamliga, om det osynliga ordets makt över seniga armar och trotsiga sinnen, över furstar och herrar, över alla världens härar, vore de ock oräkneliga som havets sand. — En stor byggnad uppföres, vars grundval är jorden, vars spira når in i himmelen (så talade han), och när den varder färdig, då är jorden icke längre jorden utan en jordisk himmel, ett återsken av den himmelska himmelen; grundvalen är lagd, pelarne resas, några höja sig redan i skyn; men onda jättar, som ana, att denna byggnad skall varda ett fängelse, där de med demantkedjor bindas till evig tid, ha fattat om pelarne för att omstörta dem; men färdigt skall verket varda, ty det godas makt är större än det ondas, såvitt som Gud är större än djävulen. Men i tiden lever Gud endast i rena människohjärtan, och varje sådant, som öppnar sig för honom, är en förstärkning åt hans makt i tiden. Vill du (så talade gubben till gossen) varda Guds bundsförvant? Vill du bära din sten till denna byggnad? Det är icke lätt, ty det kräver mer än mannastyrka, mer än mannamod; det kräver försakelse av allt eget jordiskt. Har du kraft att offra livets ros åt Gud och hava livets törne för dig själv? Mer kan jag nu icke säga.

Så talade pater Henrik, och Erland, som väl ej rätt förstod hans ord, kände dem dock i sitt hjärta och uttalade sin goda vilja att vara Guds bundsförvant. Då lade gubben sin hand välsignande på hans huvud.

Främlingarne från Egypti land.

Våren har kommit, isstyckena, som drevo på insjön, ha smält för solens strålar, träden knoppas och skogen doftar.

Ser du, Erland, flyttfåglarnes skaror, som sväva i högan sky? De återvända från södern. Känner du de friska fläktar, som spela in genom fönstren i riddarsalen? De bära hälsningar från fjärran land. Skall icke även hon återvända, hon, vars minne vintern icke höljt i glömskans drivor? Hör! Från skogen ljuda människoröster, hästtramp, vagnars gnissel och smällande piskor. Det ljuder, som om ett stort tåg nalkades. Och ur skogsbrynet kommer en brokig flock: män i långa kappor, kvinnor i mångfärgade kläder, halvnakna barn, som stoja, skratta och gråta, hästar och vagnar och hundar. De närma sig slottet. Där ila alla till fönstren; tjänarne, som arbeta på gården, vila och se förundrade på de kommande; väktaren skådar tvekande upp till riddaren, och denne vinkar till honom att fälla bryggan. Främlingarne tåga över henne, men låta hästar och vagnar stanna på andra sidan. De ordna sig i halvrund; männen framdraga ur kapporna pipor och strängaspel; de unga flickorna, svartögda och svartlockiga, med pärlor kring nakna armar, med glitterguld och brokiga band på mörka och röda klänningar, framträda ur kvinnornas hop; piporna och strängaspelen ljuda, och flickorna dansa underliga dansar. Yra som gnistorna över en sprakande låga, lätta som vinden på gröna fält, virvla de om varandra efter tonerna av en gäll musik, tills pipor och strängaspel tystna, dansen stannar och flickorna ila tillbaka till de äldre kvinnornas hop. Då synes pater Henrik på fallbryggan; han kommer från klostret, där främlingarne nyss varit. Och en av främlingarne, en högvuxen man, rikare klädd än de andra, går honom till möte och bugar djupt. Patern vinkar honom att följa. De närma sig slottstrappan, dit riddar Bengt nedgått för att höra vilka främlingarne äro och vad de vilja.

Den högvuxne mannen bugar ödmjukt för herren till Ekö och lägger båda händerna på sin panna. Hans långa hår är svart, blåsvart det krusiga skägget kring hans läppar, svart, stolt och ändock skygg den blick, han fäster på riddaren.

Han tiger, men pater Henrik talar i hans ställe:

— Dessa människor bedja om er nåd, ädle herre, och om tillstånd att uppslå sina tält i er skog, ty de ämna stanna här några dagar, varefter de åter fortsätta sin vandring. Ty ni må veta, ädle herre, att dessa människor äro av ett folk, vilket Gud nekar ro och vila, sedan han dömt dem att från släkte till släkte vandra från land till land. Märkligt är deras öde och viktigt att tänka över, ty det vittnar om Guds allmakt och stränga rättfärdighet och om vår heliga läras evigt ståndande sanning.

— Dessa vandrande människors fäder bodde, såsom denne man,

bland dem en hövding, sagt mig deras fäder bodde för ett tusen tre hundra och mer än fyratio år sedan uti Egypti land. De voro ett ansett folk av Ismaels, Abrahams och Hagars sons, stam, samt ägde fasta bostäder i välsignade bygder, icke eftergivande Gosen i bördighet.

— Då kom en dag till deras landsändar en vandringsman, följd av en kvinna med ett spätt barn i sina armar. För sig och de sina bad vandringsmannen om hägn under deras tak mot natten och ovädret. Alla vägrade och visade honom den ene till den andre. Men främlingarne, som de bortvisade från sin tröskel, voro den helige Josef, himladrottningen Maria och världens frälsare. Och till straff för denna synd dömde Gud dem och deras barn att hemlösa kringirra i två tusen år, utan annat hopp för sitt liv än främlingars miskund. Mer än hälften av deras mödosamma väg är nu fulländad, men ännu skola 23 släkten, räknade till 3 på århundradet, dö på den väg, som återstår, innan de hunnit det mål, varefter de längta: fäderneslandet och försoningen med Gud. Ädle herre, detta folk, som beder om er gästvänskap för några dagar, har genomtågat många land och icke utan bönhörelse anropat många furstar om samma nåd. Som botfärdiga pilgrimer böra de anses; hånade, föraktade, bortstötta och förföljda på många ställen, ty lidandets kalk är satt i deras hand, hava de dock av romerska rikets kejsare förlänats med lejdebrev och även haft nåden få visa sig för vår helige fader i Rom...

Vid dessa ord framtog hövdingen ur sin rockficka ett med många band omlindat pergament, upprullade och lämnade det med en ny bugning till riddar Bengt.

Riddaren skulle med svårighet läst de ord, som voro skrivna på pergamentet, men av det stora vaxsigillet, som fanns därpå med romerska rikets vapen, förstod han, att detta var lejdebrevet, varom patern talat. Riddaren ögnade vördnadsfullt pergamentet, återlämnade det till hövdingen och sade till denne, i det han hejdade patern, som ville fortsätta sitt tal:

— Högst märkligt är det, som jag nu hört om eder, och mig synes, att jag förövade en synd, icke olik den, för vilken I själva bären straffet, om jag ej tilläte er att i några dagar stanna å mina ägor. Mat och dryck skolen I under denna tid icke sakna, och vad vidkommer er, hövdingen, och edra närmaste fränder, tillbjuder jag eder att gästa under mitt tak.

Hövdingen tackade med ödmjuka ord men förklarade, att ett löfte, ärvt av fäderna, nödgade honom likasom hans folk att aldrig söka nattro i ett hus, vare sig murat eller timrat, innan deras strafftid vore tilländalupen. Vidare omtalade han, såsom orsak till sin bön om några dagars gästfrihet, att han här stämt möte med en flock av sitt folk, som för en tid skilt sig från honom för att besöka andra ängder och nu åter skulle förena sig med honom.

Sedan åtskilliga andra ord skiftats mellan riddar Bengt och det vandrande folkets hövding, avtågade den främmande skaran till det fält i skogen, varpå hon en gång förut tältat, och hit lät riddar Bengt föra mat och dryck i ymnighet, så att de för en hel vecka kunde vara väl försörjda. Men bland de svartlockiga flickorna, som dansade på gården vid pipors och strängaspels takt, hade Erland upptäckt Singoalla. Det var hon, som anförde dansen, ty hon var hövdingens dotter och den skönaste av alla.

Patern stannade över aftonen på slottet för att med riddar Bengt samtala om de märkvärdiga gästerna och meddela honom de ytterligare upplysningar, han av hövdingen inhämtat, då denne nyss förut besökte honom i klostret och anhöll om hans förbön hos riddaren.

Erland och Singoalla.

Erland hade i början lyssnat till paterns berättelse, som föreföll honom märkvärdig och rörde folket Singoalla tillhörde; men snart drev honom oron ur salen: han vandrade från rum till rum i slottet, ilade uppför vindeltrappan till den högsta tornkammaren, skådade ut över sjön och skogen och lyssnade till klangen av de klockor, som därifrån pinglade på det främmande folkets hästar, sprang så åter nedför trapporna till slottsträdgården, som, välvårdad men liten och omgiven av stenmurar, fanns på slottets södra sida, där aftonsolen nu göt rödgul glans över fru Elfridas blommor och köksväxter. Dock icke heller där dröjde han länge utan skyndade till tärnornas kammare, där han annars sällan visade sig. Här förvarade fru Elfrida i ett bonat skåp sin sons högtidskläder, och här fanns en spegel av slipat stål, vari tärnorna gärna speglade sina anleten. Erland öppnade skåpet, framtog de dyrbara skrudarne av utländskt tyg med prydliga silverhäkten och iklädde sig en sådan. Han kammade sitt ljusbruna hår, så att lockarne föllo i långa vågor utför hans axlar. För vem han smyckade sig, visste han men ingen annan. När han var färdigklädd, kastade han bågen över axeln, lockade på Käck, sadlade sin häst och red bort över fallbryggan inåt skogen; fru Elfridas och tärnornas blickar följde honom, ty han var ståtlig på den dansande hästen, som pryddes av ett grant täcke. Men fru Elfrida gick in i salen och tillkännagav för riddaren, att Erland ridit bort och svårligen vore att hemvänta förrän följande dagen; helt säkert hade han tagit vägen till Ulvåsa, herr Gudmund Ulvsax' gård, ty varför skulle han smyckat sig så, om ej för den fagra jungfru Helena, sin tillämnade brud?

Men den, på vilken Erland minst tänkte, var Helena Ulvsax, ehuru en ungmö med vänare kinder och klarare blå ögon ej fanns i Virdaland. De kinder, på vilka Erland tänkte, voro bruna; de ögon, som

19

hans själ solade sig i, voro mörkbruna, och flickan, som han prytt sig för, hette ej Helena utan Singoalla.

Fru Elfridas gissning sannades ej, ty kort efter solnedgången sågs Erland åter rida över fallbryggan. Han hade strövat i skogen och varit i grannskapet av svedjelandet och mellan träden sett, huru det främmande folket arbetade med tältens resande, hästarnes fodring och matens kokande. Han hade sett och hört barnens stojande lek kring eldarne. Men ända fram hade han icke ridit. Tanken på Singoalla hade lockat honom dit, men han kände nu rädsla för att se henne. Detta gjorde, att han efter mycken tvekan med oförrättat ärende vände sin gångare mot hemmet. Men Käck, som ej lät binda sig av villrådighet, hade sprungit in i lägret, kanske lockad av åhågan att göra bekantskap med de hans likar, som följde det främmande folket, kanske än mer lockad av stekoset från eldarne. Och när Erland på borggården hoppade ur sadeln, kom Käck ur skogen och sprang upp på sin herre, som om han haft en hälsning till denne från det okända folket. Så var det måhända även, ty kring hans lurviga hals hängde en krans av vildblommor. Tankfullt lyste Erlands ögon, då han fann den kransen; kanske den var från Singoalla, tänkte han. Han löste den från Käcks hals och lade den under örngottet i sin säng. Då borde han drömma om den, som flätat blommorna.

Om detta hopp uppfylldes eller ej, är ovisst; men följande morgon pådrog Erland åter sin högtidsdräkt, spände kring livrocken en präktig gördel med slida för jaktkniven och gick till skogs, till kullen vid bäcken. Skönt och ensligt var där på stranden vid kullens fot. Granarna viskade, bäcken sorlade, sippor och violer tittade fram ur det gröna. Erland satte sig på sitt vanliga ställe vid bäckens rand; Käck lade sitt huvud i hans knän. Då syntes på andra stranden — liksom hade de stämt möte med varandra — Singoalla. Vinden fladdrade i vecken av hennes korta klänning. Hennes steg voro lätta, och hon stannade ej, då hon varsnade den ståtligt klädde junkern. Nej, hon log välbekant, nickade glatt, lyfte först den ena foten, så den andra för att avtaga sina skor och vadade så över bäcken rakt fram till Erland. Bäcken var grund, och endast några silverlika pärlor stänkte upp till de röda pärlorna kring flickans vrister. Icke heller Erland kände sig förlägen utan glad. Det var en frisk känsla men just icke högtidlig, ty han icke ens vårdade sig att stiga upp och hälsa Singoalla, såsom han lärt att hälsa andra flickor. Men han log ur hjärtat, då Singoalla, hunnen till andra stranden, lade sina händer på hans axlar och sade:

— Ser du, jag spådde icke sant. Vi träffas återigen. Du har en god fader, som visar min fader gästfrihet. Därför skola även vi vara vänner.

— Det skola vi. Vet du, Singoalla, jag har längtat efter dig, alltsedan vi första gången sågos här. Jag har även många gånger drömt om dig, och om drömmarne säga sant, är ditt sinne icke vredgat mot mig.

— Nej, svarade Singoalla och satte sig på stranden bredvid Erland: då jag skildes från dig, var jag icke längre ond; jag tyckte tvärtom, att du var den vackraste gosse, jag någonsin sett; till och med din vrede gjorde dig icke ful. I hela vårt band finnes ingen enda, som är så vacker som du. Assim, som säger, att han vill ha mig till hustru, är icke att jämföra med dig.

— Vem är Assim?

— Han är son av den man, som var hövding före min fader..

— Och Assim vill ha dig till hustru?

— Ja, men låt oss icke mer tala om Assim. Du sade, att du drömt om mig; jag har drömt, att jag skulle finna dig här. Därför gick jag hit. Jag drömmer sannare, än jag spår, vilket är förargligt, ty att spå rätt är en heder för oss kvinnor. Men spådomskonsten kommer först rätt, när man är gammal. Låt mig dock se vecken i din hand... fast nej, jag vill icke se dem... om du varder olycklig, skulle det smärta mig. Ack, vilket hår du har — Singoalla förde handen genom Erlands lockar — det är icke svart som mitt och mina fränders.

Så talade hon, och hennes tal flög från det ena till det andra. Hon talade om sitt folks färder och huru glad hon var, när hennes fader och hans män kommo överens, att mötesstället mellan de åtskilda banden skulle vara på Erlands fars ägor. Egentligen var det Assim, som hade föreslagit detta i männens råd, och Assim hade gjort det på Singoallas intalan. Dock anade han ej, att Singoalla ville detta för Erlands skull; annars hade Assim visst icke uppfyllt Singoallas önskan. Och medan hon sade detta, smekte hon Käck, som nu visade sig vänlig, ty i lägret hade han aftonen förut delat Singoallas måltid, och det var hon, som prytt hans hals med kransen, ehuru han väl icke förstod att fästa värde på prydnaden.

Erland visade nu Singoalla en röd pärla och en vissnad blomma; den ena sade han sig ha hittat på svedjelandet, där hennes folk även nu tältade; den andra hade han tagit från bäcken, som fått henne av Singoalla.

Men flickan ryckte den vissnade blomman från honom och kastade den åter i bäcken.

— Jag vill giva dig friska blommor, sade hon. Låt oss plocka i kapp!

Erland ingick på leken, och de plockade i tävlande iver blommor vid bäckens rand. Sedan jämförde de för att se, vilken plockat de flesta, och då visade sig, att Erlands samling var den större, ty han hade repat händer fulla och utan urval; men Singoallas var den vackrare.

De satte sig på kullens sluttning för att ordna och med böjligt gräs sammanbinda blommorna till kvastar. Detta gick illa och långsamt för

Erland, men Singoalla hade en egen smak att hopsätta blommorna, så att deras olika färger bröto sig vackert. Den konsten hade ingen lärt henne, men hon kunde den ändå. Då blomsterkvastarne voro färdiga, bytte Erland och Singoalla med varandra, och flickan var icke missnöjd med Erlands, fast den var ojämn, ruskig, illa hopkommen. Slutligen sade Singoalla, att hon nu måste återvända till lägret, ty annars skulle hennes fader, Assim och kvinnorna undra, var hon vore, och söka henne. Det ville hon icke.

Då sade Erland:

— Du må gå, Singoalla, men jag vill, att du varje dag skall komma hit, så att jag får se dig.

Singoalla eftertänkte en stund och sade:

— Ja, vi skola mötas varje dag; men bäst är, att vi mötas här, då solen gått ned. Det är bland oss en sed, att de unga flickorna vandra ensamma en stund om kvällarne, ty därigenom få de spådomsande. Jag säger till min far i morgon afton: Jag vill gå ut i skogen och lära framtidssyner. Då svarar han: Gå... och jag smyger hit. Ser du, skymningen är god även därför, att om Assim eller kvinnorna äro i grannskapet, se de oss icke. Assim vill gärna följa mina spår.

— Är Assim stor och stark? frågade Erland.

— Ja, han är större än du och har skägg, vilket du icke har, och är den vigaste av våra unga män. Han är oftast god till lynnet men lättretlig, och vredgas han, sky honom alla. Blod har mer än en gång drupit från hans kniv.

— Om Assim kommer hit, skall jag lära honom sky dina spår. Se mina armar, Singoalla, sade Erland och uppvecklade rockärmarna. Jag är endast Sjutton år, men tror du ej, att mitt famntag skulle krama Assim? Må han komma! Jag skall slå honom till jorden och trycka min häl i hans bröst.

— Det skall du icke. Varför talar du i denna hårda ton om Assim? Vad ont har han gjort dig? Om du hotar på det sättet, vill jag aldrig komma hit.

— Jag tål honom icke. Dock, jag hoppas, att han ej skall komma hit, medan vi mötas. Stället är avlägset och skogen stor. Varför skulle han just gå hit? Jag lovar dig, Singoalla, att icke kämpa med Assim eller ens säga honom ett ont ord, om han icke retar mig. Är du nöjd nu, och vill du lova mig komma i morgon, då solen sjunkit ned bakom klipporna vid sjön?

— Ack, det lovar jag, ty du vet icke, vad jag älskar att se ditt ansikte. I afton kan du ju komma och se vårt folks läger. Min fader väntar, att riddarens son skall besöka honom, om ej av godhet, så dock av nyfikenhet.

— Jag skall komma, men bäst är att träffa dig ensam, Singoalla.

Nu räckte Singoalla sina händer till Erland och sade honom farväl till i morgon. De höllo länge varandras händer och sågo i varandras ögon; de funno behag däri. Men äntligen ropade de: I morgon! — ja, i morgon! nickade glatt och ilade åt skilda håll. Men innan Erland hunnit uppför kullen och Singoalla försvunnit i skogen, vände sig båda och vinkade än en gång farväl och återseende.

I skymningen vid skogsbäcken.

Solen sjunker ned bakom klipporna vid sjön; trädens toppar bada i aftonrodnad; fåglarne sätta sig till ro; klosterklockan, som kallar munkarne till aftonbön, ljuder över nejden; Erland lämnar slottet och ilar till mötet.

Så träffar han Singoalla varje afton under den höga granen på kullens topp, medan skymningen smyger mellan skogens stammar. De tala i början mycket och leka som barn på den gröna stranden: — Det finnes ingen vacker flicka på jorden utom du, säger Erland till Singoalla, och hon svarar glad: — Ack, tycker du det? Innan jag gick hit, speglade jag mig i en källa för att se, om du kunde finna mig behaglig.

Men småningom varda båda tystlåtna; hellre än att tala älska de att skåda i varandras ögon, och de kunna detta i trots av skymningen, ty de äro varandra nära och linda sina armar, den ena kring den andras hals. Då blickarne så förenas, trånar även mun till mun, och snart mötas läpparne i långa kyssar, som på en gång värma och svalka — som på en gång släcka och tända en blyg åtrå.

Varje gång Erland vandrar till kullen, klingar i hans själ en sång, åt vilken hans läppar ej ge toner. Den sången lyder:

»Ljuvligt är att möta sin flicka, ljuvligast då skymningen vilar över nejden. Jag nalkas kullen, där kvällvinden viskar i granen. Är du där, Singoalla? Jag ser dig ej, men jag anar, att du är där, ty vinden doftar av blommor, ty skogen är dejligt tyst, ty det rör sig så underligt i mitt bröst. Det vinkar där uppe på kullens topp; är det granen, som rör sina mörka grenar? Är det nyponbusken, som böjer sig, när vinden plockar hans vitröda blommor? Eller är det Singoallas klänning, som fladdrar, då hon väntar den hon älskar? Jag vet icke, men jag anar mycket och är lycklig. Ljuvligt att möta sin flicka, ljuvligast då skymningen vilar över nejden.»
—
Det främmande folket stannade på svedjelandet längre, än deras hövding i början ämnat, ty den hop, på vilken han väntade, dröjde. Men Erland tänkte icke på skilsmässan, och Singoalla ej heller. Det föreföll dem, som om de alltid skulle få vara tillsammans.

Åtta dagar förledo; åtta gånger hade Singoalla sagt till sin fader: — Jag vill gå och lära framtidssyner av ensamheten, och han hade svarat:

— Gå! Och hon hade gjort en lång, villande omväg i skogen för att gäcka Assim och föra honom åt annat håll än åt kullen vid bäcken, ifall han lurade på hennes steg. Åtta gånger hade Erland och Singoalla träffats vid kullen, där ingen annan än den trogne Käck var vittne till deras lycka, ty sällan förirrade sig en jägare hit, allra minst i skymningen, och det främmande folkets kvinnor plägade hämta vatten och bada sina barn långt borta, där bäcken flöt närmare svedjelandet.

Men mer och mer förändrades Singoallas väsen under dessa dagar. Hon bävade, då hon skulle smyga till mötet, men kunde likväl icke avhålla sig därifrån, ty det sved i hennes hjärta, då hon ej såg riddarens stolte son; om natten drömde hon om honom, om dagen tänkte hon på honom, och rätt lycklig var hon icke, utan då hon kände den smärte gossens arm kring sin midja. Och likväl var hon skygg, hon visste ej varför; likväl höjde hennes själ tysta ångestrop, då han nalkades henne. Tala kunde hon knappt, då de sutto bredvid varandra, ty oro och längtan pressade skiftesvis suckar ur hennes barm; hon kunde ej mer skåda i Erlands ögon, ty det var, som om de brände hennes; hon sänkte sin blick, slöjad av långa ögonfransar, till bäckens sorlande vatten, eller höjde hon dem till de tyst skridande stjärnorna, medan Erland såg och såg på henne. Och ändå kände hon hans blick, utan att kunna möta den, som en ljuv plåga in i djupet av sin själ.

Då sade Erland en kväll, när de sutto med kinderna tryckta mot varandra, så att hans ljusbruna lockar blandade sig med hennes mörkare:

— Sjung, Singoalla! Sjung en av ditt folks sånger!

Men Singoalla svarade knappt hörbart:

— Jag kan ej sjunga mer.

— Och dock hörde jag dig sjunga den första gången vi sågo varandra, då Grip ville bita dig och jag var elak mot dig. Varför vill du icke sjunga nu? Är du sorgsen?

— Ja.

— Varför är du sorgsen? Har jag förtörnat dig?

— Du! Nej, Erland! Jag vet icke, varför jag är sorgsen... Dock, måhända är det därför, att vi en gång skola skiljas...

— Skiljas! utbrast Erland bleknande. Vill du icke alltid stanna här?

— Jag ville alltid vara hos dig, men jag måste följa min fader. Ja, när jag tänker därpå... ser du, jag har icke tänkt därpå förut... men nu tror jag, att jag skall dö, när jag skiljes från dig. Jag vandrar långt, långt bort, allt längre bort från dig, Erland. Då du kommer hit om kvällarne, är Singoalla icke här; men hon längtar hit och skall dö av sin längtan. Kanske skall du gråta, Erland, och ropa mitt namn, och jag kan ändå icke komma...

Singoallas ögon fylldes av tårar, och snyftningar hävde hennes barm.

Erland var blek och stum. Han hade förut icke tänkt på skilsmässans möjlighet. Han släppte Singoallas hand, och tårar framträngde även i hans ögon, ty den mystiska kärleken hade enat deras hjärtan, så att glädje och smärta och pulsslagens gång voro desamma hos båda. Men då Singoalla såg den fuktiga glansen i Erlands ögon, ville hon le för att göra honom glad, och hon sade:

— Var icke ledsen! Då Singoalla är borta, skall du snart glömma henne och åter vara lycklig.

— Glömma dig! sade Erland och steg upp. Nej, jag glömmer dig aldrig, jag skiljes aldrig ifrån dig, jag följer dig, vart du går.

— Vill du det? ropade Singoalla med strålande ögon. Vill du skiljas från din fader och moder och din sköna borg och allt annat du älskar för att följa mig?

— Ja, svarade gossen.

— Då skola vi vara man och hustru; du skall vara min herre och jag din slavinna; jag skall under vandringen bära dina bördor, om kvällen svalka dina fötter med det kalla vattnet, under vilan steka ditt villebråd, räcka dig bägaren, då du är törstig, sjunga för dig, då du är ledsen, och lida allt vad du lider. Det skall jag göra gärna, ty jag vet, att du älskar mig.

— Nej, sade Erland, så skall det icke vara, utan jag skall bära dina bördor, ty mina skuldror äro starkare än dina; jag skall jaga det villebråd och plocka de bär, som smaka dig bäst, till vår måltid; du skall icke vara min trälinna, ty det vill jag icke, och det höves icke. Men man och hustru skola vi vara.

— Vill du icke nu genast vara min man? sade Singoalla. Jag skall göra dig därtill, såsom det tillgår hos mitt folk.

Och Singoalla framtog en liten platt sten, fäst vid en kedja, som hon bar kring halsen. I stenen var månskäran inristad — symbolen av hennes folks Gud *Alako*.

Denna sten lade hon i Erlands högra hand och frågade, om han ville älska henne som sin enda kvinna intill döden och svärja henne en trohet, mot vilken den ringaste förbrytelse skulle ge henne rätt att taga hans jordiska liv och med sina böner stänga för honom himmelens port. Därtill svarade Erland ja. Då tog Singoalla stenen med månskäran i sin högra hand, avlade samma löfte och tillfogade efter sitt folks bruk, att hon ville vara sin trogne mans trogna slavinna och lida allt av hans vrede men ingenting av hans otrohet.

Sedan detta var gjort, sade Singoalla: — Nu är du min man, Erland, och jag är i allt lydig din vilja. Och när hon sagt detta, kastade hon sig på knä i gräset, höjde armarne mot den nytända månen och talade ord på ett tungomål, som Erland ej förstod:

— Han är min, den ende jag älskar! Veten det, alla kvinnor, och blicken ej på honom, ty han är min och föraktar er alla. Tack, gode Alako i himmelen, ty han är min, den ende jag älskar!

    Vid ett annat tillfälle skulle Erland undrat över, att Singoalla nu kallade honom sin man, ehuru inga ringar voro växlade, intet bröllop på vanligt sätt hållet och ingen välsignelse uttalats över dem av en Herrens tjänare. Men nu tänkte han ej på sådant; det löfte, han svurit, kände han ingen svårighet att hålla, ty Singoalla var hans själs enda lust; han tänkte blott på att kyssa Singoallas mun, vila vid hennes barm och följa henne till världens ände.

    — Sätt dig bredvid mig, sade flickan, och hör en sägen, som går bland min fars folk. De säga, att den man och den kvinna, som druckit varandras blod, skola känna livets sorg och glädje, hälsa och olust på samma tid och på samma sätt; att de kunna tala till varandra med tankarne, fastän de äro på långt avstånd, och att deras hjärtan aldrig skiljas. Tror du det?

    — Jag vet icke, men jag har hört, att vänner, som ville stifta ett evigt förbund, blandade blod med varandra. Singoalla, fortfor Erland, jag vill dricka av ditt blod; vill du dricka av mitt?

    — Ja, hellre än av öknens källa, svarade Singoalla.

    Erland blottade sin vänstra arm, ty den vänstra armen är närmast hjärtat; men då han upptog sin jaktkniv för att tillfoga sig ett sår, bad Singoalla, att hon skulle få göra det. Därtill samtyckte Erland. Flickan drog sin dolk, stack hans fina udd i sin älsklings arm och uppfångade med sina läppar den lilla pärla av ungdomsblod, som framsipprade.

    Därefter blottade hon sin vänstra arm. Med dolkens udd framlockade hon en droppe av sina ådrors saft, som av Erland bortkysstes begärligt; ja, han höljde armen med kyss på kyss och lade den kring sin hals.

Tvekampen.

Men vilken är den skepnad, som uppstiger i det bleka månljuset och med sin tysta närvaro hotar de älskande?

    Singoalla spritter till och ropar: — Assim!

    Ett dovt, smärtsamt skratt svarar till hennes rop.

    Erland flög upp och drog sin jaktkniv för att gå mot främlingen. Singoalla fattade om hans väpnade hand, men han ryckte sig lös. Den svarte Assim såg kniven glimma i månens sken; han avkastade sin kappa, gjorde ett språng tillbaka, medan hans hand sökte dolken i bältet, och han sade:

    — Hövdingens dotter och slottsherrens son! Stackars Singoalla! Kvinnorna i lägret skola håna dig och männen förakta dig!...

    Och i det han talade så, slungade han dolken mot Erlands huvud. Men Assims hand felade; vreden och skymningen bragte den skicklige dolkslungaren på skam. Erland gick emot honom med höjd kniv. Assim gjorde ett språng tillbaka, ett vigt språng: han sträckte ut sina armar, hans svarta öga följde det hotande vapnets rörelser, fingrarne öppnade sig för att i rätta ögonblicket gripa om Erlands lyfta hand, och den smidiga kroppen böjde sig för att med ett oväntat sidosprång undvika hugget, om handen ej kunde avvärja det.

— Assim är utan vapen, nåd åt Assim, ropade Singoalla och förde händerna vilt genom sitt hår.

— Är du vapenlös? sporde Erland och sänkte sin hand.

— Ja, svarade Assim, men jag är en man.

Erland kastade jaktkniven i gräset för att efter nordisk sed utan vapen kämpa mot vapenlös.

Erland, den blonde göten, var sjutton år, skägglös och långt ifrån fullvuxen; Assim, den mörke ättlingen av folket från Ganges, hade vandrat i tjugusex somrar, oräknat de två, hans moder burit honom på sin rygg.

De gå emot varandra, de lyfta armarne, de trycka bröst mot bröst; deras ådror svälla, deras senor sträckas, deras muskler spännas från hjässan till fotabjället.

Men nu är segern avgjord. Den blonde göten har kastat den mörke främlingen till marken; hans knä trycker hårt mot den fallnes bröst, och handen griper kring hans strupe.

Då ilar flickan till kämparne att beveka segraren, bedja för den övervunne. Erland lyssnar, släpper sitt tag och reser sig.

Assim stiger upp, men hans blick är häftad vid jorden. Han tager sin kappa, sveper sig i henne och smyger bort.

— Ve mig! ropar Singoalla. Han skall omtala allt i lägret. Min fader skall slå mig, männen förakta mig och kvinnorna håna mig!

— Nej, sade Erland, det skall icke ske.

— Nej, upprepade Singoalla, det bör icke ske, ty vi äro man och hustru.

— Kom, sade Erland, jag följer dig till lägret för att tala vid din fader. Då jag är vid din sida, har Singoalla intet att frukta.

— Min man, sade flickan.

— Min hustru! sade gossen, lyfte henne i sin famn, bar henne över bäcken och gick med henne in i skogen.

Lägret.

Skogen, som omslöt svedjelandet, liknade i mörkret en ogenomtränglig svart mur, på vilken himmelens stjärnströdda tak vilade. På det öppna fältet flammade stockeldar, i vilkas sken skuggor rörde sig och här och där ett tält skymtade. Där var ett vimmel av människor och

27

djur, av män, kvinnor, barn, hästar och hundar; ett sorl av röster från grövsta bas till gällaste diskant, sång, strängaspel, visselpipors skärande ljud, trumslag, hundskall, barnskrik, lugnt samtalande karlröster, grälande, pipiga kvinnostämmor, dån av hammare, som föllo på någon sprucken kopparkittel eller formade glödröda järnstycken till hästskor och pilspetsar — allt detta blandade sig till ett öronslitande, förvirrat och förvirrande samljud. Med Singoalla till vägvisare, med hennes hand i sin skred Erland, ett mål för nyfikna blickar och anmärkningar på en rotvälska, som han ej begrep, genom hopen, mellan flockar av män, som åto, drucko, spelade tärning, slipade knivar och svärd — mellan kvinnor, som rörde i grytor, matade barn, lagade kläder, samtalade och kivades — mellan nakna gossar och halvnakna flickor, som lekte, örfilades och klöstes, skrattade och gräto — mellan hästar, vagnar, tunnor, bohag och redskap fram emot hövdingen, Singoallas faders, tält.

Samma afton, medan Singoalla var hos Erland, hade den väntade hopen kommit till lägret och hövdingen tillkännagivit, att uppbrottet skulle äga rum om morgonen av andra dagen därefter. Därav denna ovanliga livlighet i lägret.

Hövdingens tält stod söderut nära skogsbrynet. Här var oljudet ej så stort, trängseln ej heller. Stammens äldste och bäste män voro där samlade; även sågos där några kvinnor, som tyst men ivrigt samtalade sinsemellan, då Erland och Singoalla nalkades. Dessa kvinnor voro Assims moder, systrar och fränder; alla fäste de sina ögon på hövdingens dotter, då hon vid Erlands sida gick dem förbi. Gumman, Assims moder, liknade vid eldskenet, måhända även vid dagsljuset, en otäck häxa. Hennes långa, krokiga näsa tycktes hava vuxit fram ur ansiktet till förfång för de djupa ögongroparna, de ihåliga kinderna... alldeles som då vid jordbävningar bergen höjas och jordlagren däromkring instörta... hennes röda ögon flammade, och läpparne, som saft- och kraftlösa hängde kring det tandlösa gapet, grinade vedervärdigt. Käringens hemska ansikte uttryckte ilska och hämndlystnad, ty Assim hade redan omtalat, vad han rönt vid bäcken; men det uttryckte även undran, då hon såg riddarens son vid Singoallas sida.

Vid Erlands åsyn reste sig stammens äldste och bugade. I tältöppningen stod hövdingen själv, samtalande med Assim. Båda tycktes överraskade av den blonde ynglingens ankomst. Assim smög undan, i det han sände Singoalla en dyster sidoblick. Hövdingen förde händerna till pannan och bugade för Erland, men hans halvt nedslagna ögon fäste dock mellan de svarta ögonhåren en glimmande blick på dottern.

Flickan var blek, men hon hävade ej, ty hennes hand vilade i Erlands.

Erland sade, att han ville tala vid hövdingen utan annat vittne än Singoalla. Hövdingen förde honom stillatigande in i tältet.

Vad där talades, vet ingen, men efter en halv timme lämnade Erland tältet med lugn på sin panna, följd av Singoalla, som stolt mötte Assims moders och de andra kvinnornas blickar, samt av hövdingen, vars ansikte bar spår av hans sinnes oroliga tankar. Kommen ett stycke in i skogen skakade Erland hand med hövdingen, kysste Singoalla och sade:
— Jag är redo den utfästa tiden.

Avtåget.

— Huru är det med Erland? Han är dyster och talar föga, sade fru Elfrida till sin man, herr Bengt.

— Han lider av ensamheten, svarade riddaren, sedan han med betänksam min tagit en klunk ur bägaren, varefter han lät blicken flyga hän till de blånande bergstopparne, som syntes genom det smala fönstret: han lider av ensamheten, och detta är ej underligt. Skogen passar ej mer för honom; vi skola i höst sända honom till konungens hov att där lära *mores* och ridderliga övningar.

Fru Elfrida avbröt samtalet, så snart det vidrörde denna sträng, ty hon kunde allena med vemod tänka på den stund, då unge Erland skulle från fader och moder ut i vida världen.

Men Erland satt nu i klostrets bokrum vid pater Henriks sida och läste vid det dunkla ljuset från det höga bågfönstret i romaren Virgilius' herdedikter, och då herden Meliboeus klagade:
Nos patriæ fines et dulcia linquimus arva,
klagade Erlands hjärta med honom, och han lyssnade tankspridd till paterns utläggning av skalden, ehuru denna utläggning var vida saftigare — vartill ej tarvades mycket — än de träaktiga kommentarier av salig Maurus Servius, som stodo skrivna med rött bläck i foliantens marginal.

Erland hade, innan han gick till klostret, strövat genom alla vrår och vinklar av slottet, talat vänligt med alla husets tjänare, besökt alla sin barndoms lekställen, icke förglömmandes branten, från vilken han plägat hoppa i sjön; han hade besökt dem för att säga dem farväl, och först nu kände han, huru kära de voro honom, ehuru han så mången gång längtat fjärran från dem ut i världen.

Han tänkte på sin käre fader, sin älskade moder. Han tänkte ock på munken, sin gode lärare, som satt vid hans sida, och han välsignade honom tyst för den kunskap, han genom honom förvärvat i skrivkonsten; ty så tröstade sig Erland: Jag skall snart hugna mina föräldrar med ett brev, som skall säga dem, varför jag försvunnit, att jag mår väl, och att jag snart skall återvända som en stolt riddare, rik på ära och stordåd.

För detta ändamål hade han ock lösgjort ett blad ur ett breviarium och gömt det hos sig; på detta blad skulle brevet skrivas.

— Du är trött nu, sade pater Henrik, då han märkte Erlands tankspriddhet. Gott, vi skola sluta... *claudite jam rivos, pueri, sat prata biberunt.*

Patern slog igen boken och fastläste henne i bokskåpet.

— Farväl, sade Erland och tryckte paterns hand. Min gode lärare, tillade han, jag vill i afton hava er välsignelse.

Patern lade sin hand på hans huvud, läste välsignelsen och slöt honom i sin famn, såsom han stundom även annars plägade göra.

Nu hördes buller utanför murarne. Portvaktaren, brodern Johannes, gläntade i dörren och underrättade priorn, att en hop av det främmande folket, förd av sin hövding, önskade inträde för att tacka priorn för hans vänlighet och säga farväl, ty följande dagen mot middagstiden ämnade de bryta upp. De hade redan varit på Ekö och till riddaren framburit skyldig tack för visad gästfrihet.

Patern svarade: — Låt dem komma!

Under tiden axlade Erland sin kappa och gick.

Pater Henrik mottog det främmande folkets ombud i klostrets refektorium. Alla munkar voro närvarande. Hövdingen steg fram, talade och bugade. Patern svarade på hans ord vältaligt. Allt tillgick högtidligt och tillika vänligt. Men medan hövdingen och patern talade, irrade de vandrande männens blickar kring rummets väggar och fäste sig vid de skinande kärl, som stodo på ekbordet, och icke mindre vid de bilder av den heliga jungfrun och barnet, vilka stodo där i väggfördjupningarna. Men andakt var det väl icke, som skimrade i deras ögon, då de sågo himladrottningens gyllene krona eller de silversirater, som i fina ogiver och rosetter omgåvo henne. Ej heller var det väl värmen i rummet, som kom en av männen att, dold av de andra, avlyfta krokarne i det till dörren närmaste fönstret; ty om värmen varit orsaken, skulle han väl öppnat det, men så gjorde han icke.

Vi lämna klostret och gå till slottet för att övervara Erlands tysta avsked. Kvällen är långt framskriden, och klosterklockornas ljud, som för slottets invånare är tecknet att gå till sängs, har längesedan svävat över sjön och, milt buret av klippornas ekon, sjunkit till vila i skogen. Riddar Bengt och fru Elfrida slumra redan; sovkammarens nattlampa sprider från en fördjupning i väggen ett matt sken, vari skuggorna fladdra med osäkra former men samla sig långt bort, mörkare och djupare, kring alkovens omhängen. Dörren till salen står halvöppen; hon öppnas sakta helt och hållet. På tröskeln, dold av mörkret, stannar Erland. Han vill smyga bort till de gamla, skåda deras ansikten än en gång och säga dem farväl så tyst, att de kunna förnimma det som en drömvilla; men ålderdomens sömn är lätt, de kunna vakna, rädsla kämpar med hjärtats lust, han törs icke gå. Han lutar pannan mot dörrposten och lyssnar till de kära sovandes andedrag. Hans kind är blek och hans ögon tårade. Han återvänder den väg han kommit. Han skyndar, ty det förekommer honom, som om korridorens och trappavsatsernas helgonstoder rörde sig och sträckte händer efter honom. Han lockar till sig Käck, vadar över sundet, som skiljer ön från landet — ty fallbryggan är, som vanligt om natten, uppdragen — och fördjupar sig i skogen, följd av sin trogna hund. Han bär sina sämsta kläder, och icke ett enda mynt finnes i fickan på hans slitna livrock. Gördeln, som omsluter hans liv, tillika med jaktkniven, som hänger i gördeln, är det enda ting av värde, som han medtagit från sin faders borg.

 Främlingarnes hövding hade sagt till riddar Bengt och patern, att hans folk skulle avtåga följande dag vid middagstiden. Han hade kanske sina skäl att säga så till dem; till Erland hade han sagt: — Kom före midnatten, eller du kommer för sent.

 Allt var redan färdigt till uppbrott, då Erland kom till svedjelandet. Oroligt hade Singoalla väntat honom. Nu mottog hon honom med ett glädjerop, där hon, insvept i en brokig kappa, satt i sin faders vagn på en bädd av täcken och själv tyglade de små lurviga kamparne, som otåligt skrapade marken. Bakom stod en lång rad vagnar, förspända med hästar eller oxar och fullastade av kvinnor, barn och bohag. Höljda i sina kappor stodo de gifta männen bredvid vagnarne, envar vid sin vårdnad och sin egendom. De unga ogifta karlarne bildade en med spjut, bågar och knivar väpnad eftertrupp. De övergivna eldarne belyste tavlan. I spetsen för vagnarne voro blossbärare ställda.

 Hövdingen vandrade tillbaka från sina egna packvagnar, som började raden, ned till den sista för att övertyga sig, att allt var rätt. Han hade häftigt sporrat sitt folk till ilfärdighet, hans blick var orolig, och han, den annars så djupt bugande, hade nu knappt givit sig tid att hälsa sitt bands nya medlem, sin dotters make och riddarens son, med en vårdslös nick. Detta märkte Erland knappt, ty han hade endast öga för Singoalla. Sedan hövdingen gjort sin rund, gav han med en klocka tecken till uppbrott. Blossen flämtade mellan granarna, den ena vagnen efter den andra uppslukades i den svarta skogen, och snart var svedjelandet tomt.

 Så skred tåget fram, så fort som mörkret och den oländiga marken tilläto. Singoalla hade stigit av vagnen och gick bredvid Erland, som ledde spannet vid tyglarne. Stjärnorna glimmade över trädtopparne, och bakom sig hörde de älskande en fåtonig, svårmodig och likväl täck sång, sjungen av någon bland de vandrande männen. Mellan skrovliga klippor, genom tysta dalar gick färden under den korta försommarnatten.

 Österut började mörkret glesna. Det genomsilades av ett kyligt ljusdunkel, en sakta klarnande gryning, vari stjärnorna bleknade och försvunno.

Assim, som hela natten suttit till häst, höll in vid sin moders vagn, bredde en kappa över henne mot morgonkylan och talade ord, som hövas en son, men med halvt bortvänt ansikte, såsom han vanligen gjorde till henne, ty han kände sig förnedrad av att vara av henne född till världen. Den föreställningen hade hon själv ingivit honom och hållit vid liv, då hon som oftast ordade om sitt eget dymörka blod och om hans faders purpurröda, hans farfaders än mer purpurröda, hans farfars faders än mer. — Du är av heligt offrareblod, Assim. Dina förfäder hade guldhår och blåklintögon, de voro gudars likar, och deras skugga var välsignande. Du är den enda i detta vandrareband, som är av prästerlig konungaätt. Din farfaders farfader var ljuslockig, har man sagt mig, och mindes och förstod det heliga fornspråkets alla sägner och helgade med dem vårt folks brudar, barn, hjordar och eldar. Din farfader var mörk men ej såsom din fader, och ännu hundraårig läste han några av de gamla mäktiga bönerna och förstod dem. Din fader, som var ovillig och trög att lära, men hågad och snar att befalla, mindes och förstod blott några av deras ord. Dock flera än han givit dig i arv. Du är mörkare än din fader. Du är en mula, Assim. Din moders blod, din farmoders och din farfars moders ha gjort solhästens ättling till en mula. De gudasöner, som ledde vandrarefolket ur Assaria, hade inga gudadöttrar att göra till mödrar.

I dylika ordalag hade hon talat till sin son alltifrån hans barndom. Assim sörjde över sitt mörka blod och beskyllde det för tillskyndelser till de ord och gärningar, som han blygdes över och ångrade. Men av purpurrött fanns kvar i hans ådror åtminstone så mycket, att det kunde göra sig kännbart och taga väldet i morgonrodnadsstunder. Då hände, att från hans läppar kommo ord, som förvånade vandrarefolket och beundrades av Singoalla, men som varken hon eller de andra räknade Assim till ära, emedan de trodde, att det var förfäder, som talade med hans mun.

Assim red hän till eftertruppen. Erland och Singoalla gav han icke en blick. Med hänryckning, underligt skuggad av smärta, såg han mot öster, mot dagerkällan, över vilken blekröda skyar strimmade sig. De genomdallrades starkare och starkare av färgvärme. Det blekröda vart högrött, det högröda djupt rosarött, som kantade sig med silver, gömde silvret under bräm av smältande, eldmättat guld, väckte fågelsången i skogen till jublande liv och bredde pärlglitter och regnbågeskimmer över markens daggvåta mossa.

Assim hade stigit av hästen. Han stirrade med förklarat anlete in i de överjordiska färglekarne och sade:

— *Usas, Usas*, himmelens dotter, hell dig, ungmö Morgonrodnad! Ljusets stridsmän, dina kämpar, feja sina vapen, spänna de röda hästarne för din vagn och öppna dig himmelens port. Du fattar den heliga ordningens tyglar och far med färgblänkande hjul upp på lagstadgad väg, ett ljuvligt förebud åt den härliga *Sûrya*. I dig är alla varelsers ande, till rörelse väcker du allt som lever. Mörkrets makter fly vid din åsyn, du stolta, segervana, fägringssvällande ungmö Morgonrodnad.

Solkanten visade sig, och i brådhast stod hela den bländande skivan över synranden för att med saktad iver lyfta sig högre. Assim sänkte sin panna och bad:

— *Sûrya*, jaga mörkret ur mitt sinne, där det råder, medan jorden badar i din glans! Sol, härliga drottning, lyssna från din höga eldskimrande vagn till sonen av fäder, som ägnat dig tusen sånger, otaliga offer! Hav förbarmande med mig! Jag är en man, förnedrad av obesvarad kärlek. Mitt blod är förgiftat. Jag önskar fördärv och död över en vit, som tillbedes av henne, som har förtrollat mig. Mitt i din strålglans är det natt för mina ögon. *Sûrya*, medlidsam i ditt majestät, räck den sjuke ett blad från den krans av hälsoblomster, som smycka ditt skinande änne! Vill du giva mig Singoallas hjärta? Vill du det ej, så lägg mig bland dem, som skådat din härlighet och icke skåda den mer!

Detta var en behaglig vandring, tyckte Erland, och hans bröst svällde av en enda känsla, som ropade: Fram, fram genom den sköna världen! Han såg på Singoalla; hon var en nyss utvecklad ros, frisk av morgondagg.

Men morgonen hade ej förjagat det nattliga moln, som vilade på hövdingens panna. Även hos honom ropade en känsla: Fram, fram! men det var en ängslande känsla. Han ilade outtröttlig från vagn till vagn och eggade männen att skynda. Timme efter timme förled, och solen stod redan högt; hästarne badade i svett, kvinnorna voro trötta och knotade. Men hövdingen ropade: — Fram! piskorna smällde över de trötta dragarne, och vagnshjulen gnisslade på sina nötta axlar.

— Hövding, sade Erland till Singoallas fader, skall du icke snart bjuda rast? Vet du ej, att dragare tarva vila, foder och vatten? Se, där borta flyter en bäck. Låt oss vattna hästar och oxar!

— Där, sade hövdingen och pekade mot en sakta sluttande höjd, som var helt nära, där skola vi vila.

Mer svarade han ej, ty i detsamma sprängde fram till honom en ryttare. Det var Assim. Han viskade något i hövdingens öra. Dennes ansikte mörknade än mer, och hans ögon sköto en orolig blick. Han sade intet, men han kallade några av de äldre männen till sig och utdelade med låg röst befallningar.

Emellertid skred tåget uppför den skogklädda kullen. På toppen var en slätt. Här frånspändes dragarne, vagnarne ställdes i en ring och hopbundos med rep, så att de bildade en vagnborg. Där inom samlades nu folk och hästar. Vapen framtogos och lades i en hög kring en väldig ek, som stod mitt på den gröna planen. Undrande frågade Erland hövdingen, vad detta skulle innebära.

— Varsamhet höves ett folk, som har många fiender, svarade denne och gick så till ett hemligt rådslag med de äldre männen, medan de yngre fodrade hästarne, och kvinnorna buro vatten från en källa eller tillagade middagsmåltiden.

Kring Singoalla samlade sig stammens unga flickor; de glammade muntert och sågo med förstulna blickar på den blonde ynglingen, som de alla funno vacker och i hjärtat åtrådde att äga till man. — Du är lycklig, Singoalla, sade de, och Singoalla nickade glatt. Men bland de unga flickorna, som talade med Singoalla, var ingen av Assims systrar eller fränder. De voro samlade för sig själva, och Assims moder var mitt ibland dem.

Under tiden granskade Erland de vid eken lagda vapnen, spände bågarne för att fresta deras kraft, undersökte eggen på svärden och sjöng en munter visa.

— Det var lyckligt, att vi äga honom bland oss, sade en äldre man till hövdingen. Han skall vara vår gisslan.

— Men han är farlig, sade en annan. Det är en fiende mitt ibland oss.

— En sömndryck! viskade hövdingen.

Efter ändat rådslag gick Assim bort och talade med sin moder. Därefter satte han sig åter på sin kamp och red, följd av tre eller fyra unga karlar, även till häst, ur lägret nedför höjdens sluttning.

Kvinnorna framförde nu matvaror och uppdukade dem i gräset. Bandet samlade sig i skilda flockar kring anrättningarna. Hövdingen, hans släktingar och bandets äldste intogo sin måltid under eken. Erland bjöds att sitta vid hövdingens sida; bredvid Erland satte sig Singoalla. En av Assims systrar betjänade laget. Hövdingen framställde till Erland onödiga ursäkter för måltidens torftighet; men Erland bröt sitt bröd och delade det med Singoalla.

Men om maten var torftig, kan ej detsamma sägas om drycken. Assims syster frambar bägare till laget; tre, som ställdes framför hövdingen, Erland och Singoalla, voro av skönaste silver, konstrikt arbetade. Erland tyckte sig igenkänna dem och utbrast undrande:

— Vad dessa bägare likna andra, som jag sett i klostret! Ja, denna synes för mina ögon underligt lik den heliga pokal, som står på klosteraltaret, fylld med nattvardsvin.

Singoalla bleknade och sänkte sina ögon, ty hon anade, huru det var. Men Assims syster fyllde bägarne. Alla, utom Singoalla, drucko, och Erland fann smaken ljuvlig.

Nu hördes förvirrade rop. Det vart oro i lägret. Assim hade återvänt; han skyndade till hövdingen och samtalade tyst med denne.

— Vad är på färde? sade Erland.

— Vi skola hålla en vapenövning, svarade hövdingen kallt och befallde Singoalla gå bort till de andra kvinnorna. Dessa med alla barnen hade samlats avsides på en fläck inom vagnborgen. Singoalla gick; hennes kind var blek, hennes ögon slöjade.

Karlarne samlades kring eken och väpnade sig. Hövdingen förde Erland in i hopen och bad honom i tid välja, innan de bästa vapnen vore tagna. Men då Erland lutade sig ned, gav hövdingen en vink; ett rep kastades kring Erland, och innan han hunnit varsna sveket, var repet slingrat kring hans armar och ben, så att han ej förmådde göra motstånd eller ens röra sig. Hans ögon flammade, hans ådror svällde; men hövdingen sade till männen: — Bind honom vid eken!

När detta skett, ilade alla fram till vagnarne. Ur kvinnornas hop hördes ett skri; det var från Singoalla, då hon varsnade vad som skett. Hon ville hasta till Erland, men Assims moder fattade med sina skinntorra fingrar hennes lockar och väste: — Det är du, som bragt skam och olycka över oss. Ve dig, ve dig! Din blonde älskare skall dö, han skall slitas i stycken, han skall förtäras av gift... ja, du! giftdrycken, lagad av min hand, rasar i hans inälvor. Ser du, hans huvud sjunker mot bröstet, hans kinder gulna som det giftiga smörblomstret... det verkar redan.

Och medan hon talade så, fattade de andra kvinnorna i Singoallas armar och flikarne av hennes klänning och överhöljde henne med skymford.

Det fanns även en annan varelse än Singoalla, för vilken åsynen av Erlands misshandling skulle varit odräglig. Det var Käck. Men man hade även tänkt på honom. Medan Erland satt vid måltiden, hade en av männen lockat Käck ur vagnborgen ett stycke in i skogen och där bundit honom vid ett träd.

Utifrån hördes rop och vapengny. En fientlig skara steg uppför kullen. Redan ven en pil, stridens första budskap, genom luften. Kvinnorna trängde sig tätare tillsammans, tryckte sina barn intill sig och vände rädda blickar mot den sida av vagnborgen, där männen stodo med spända bågar och fällda spjut, avvaktande angreppet.

— Ingen nåd åt helgerånarne, ljöd en röst därutifrån, hugg ned dem alla!

Det var pater Henrik, som talade så till en hop av riddar Bengts bönder, som, väpnade med yxor, bågar och spjut, tågat ut för att förfölja det främmande folket.

Pater Henrik red en liten skymmel; kring sin munkkappa hade han spänt ett bälte, vari slidan till ett slagsvärd hängde; svärdet förde han i hand.

Även riddaren följde tåget men oväpnad, ty han tyckte det föga löna mödan att pådraga ett pansar eller störa sitt goda svärds vila för en dylik fejd. Han gick i spetsen för sitt folk, stödjande sig på en käpp, såsom han plägade göra, då han var ute att se på åkrar och ängar. Han vände sig till sitt folk och ökade vikten av paterns ord, i det han sade:

— Ja, hugg ned slöddret och skona ingen, utom kvinnor och barn! De ha illa lönat min gästfrihet. De ha skövlat klostret rubb och stubb och icke ens skonat den heliga jungfruns gyllene krona eller nattvardsbägaren. Svängen yxorna, svenner, som då I fällen träd i skogen!

Men innan skaran hunnit fram till vagnborgen, hade Assim, på ett tecken av hövdingen, gått fram till eken, där Erland, nästan medvetslös av dryckens verkningar, stod bunden. Assim höll en dolk i handen. Gulblek och skälvande riktade han udden mot Erlands bröst.

— Hallå! ropade hövdingen, som klivit upp på en vagn. Vad viljen I där borta? Kommen I med fientligt uppsåt, eller huru? Om så är, låt oss då underhandla för att se, om saken kan uppgöras i godo.

— Ingen underhandling, du tempelskändare! ropade patern och red fram mot vagnborgen hastigare än folket hann följa honom.

— Se dit och låt beveka er, sade hövdingen och pekade på eken, som syntes högt över vagnborgen, emedan hon stod på kullens topp.

— Erland! utbrast patern bleknande.

— Ja, riddarens son. Närmen I eder än ett steg, så giver jag en vink och järnet stötes i hans bröst.

— Förbannelse över dig, hedning! ropade patern.

— Ett steg! sade hövdingen och höjde sin hand. Assim lyfte dolken och häpnade över att känna en vällustig blodtörst.

— Håll! skrek patern och vinkade såväl till hövdingen som till riddaren och hans folk, som redan fylkat sig för att rusa mot vagnborgen.

— Vad är på färde? sporde riddaren.

— Där! Se! Håll! Icke ett steg fram!

Även riddar Bengt bleknade och hade knappt styrka att ropa till sitt folk:

— Tillbaka!

— Underhandling? Ja eller nej? frågade hövdingen, medan hans mörka karlar, bröst vid bröst, halvt beslutsamma, halvt darrande, väntade stridens början.

— Underhandling! svarade riddaren.

— Beviljen I oss fritt avtåg?

— Ja.

— Med allt vad vi äga? Märk, att vi äga vad vi tagit! Det är vårt begrepp om äganderätt. Således fritt avtåg med allt vad vi äga?

Riddaren svarade ej men fäste tigande sin blick på pater Henrik.

— Utlämnen åtminstone nattvardskalken och den gyllene kronan! Det övriga mån I då behålla, sade patern med en suck.

— Bah, inföll hövdingen, låt oss ej vara småaktiga! Således fritt avtåg med allt vad vi äga! Pojken skall oskadd utlämnas, om I svärjen på er frälsares bild att varken själva oroa oss på minsta vis ej heller därtill egga andra.

— Jag skall efter bästa förmåga gottgöra klostret dess förlust, viskade riddar Bengt till patern med en blick av hemsk oro på Assims lyfta dolk. Låt oss gå eden, och må de draga bort!

Med en ny suck framtog pater Henrik ett krucifix, som han bar i en kedja kring halsen.

— Allt för den kära gossen. Men huru har han råkat i deras händer? Jag begriper det icke.

Riddaren och patern gingo båda den äskade eden.

— Sänk svärdet och lös fången, ropade hövdingen till Assim.

— Nej, nej! skreko flera röster. Utlämnen icke vår gisslan! De skola sedan angripa och nedgöra oss.

— Lugnen er, sade hövdingen på sitt folks språk. Dessa nordiska människor äro ett underligt folk. De hålla vanligen, vad de lova, till och med utan både ed och handslag. Men i alla händelser äro vi ju färdiga till försvar... Ädle herre, sade hövdingen till riddar Bengt, tro icke, att vi med våld fört eder son med oss! Han har själv infunnit sig i vårt läger i akt och mening att följa oss på vår vandring genom världen, ty han har förälskat sig i min dotter och vill icke skiljas från henne.

— Du ljuger, sade riddaren. Men jag byter icke ord med dig. Drag dina färde och frukta himmelens straff!

— Ja, drag dina färde, amalekit! röt pater Henrik.

Hövdingen bugade på sitt vanliga sätt och förde händerna till pannan.

Emellertid löstes Erland från trädet och framfördes av två män. Hans hy var gulblek, hans gång vacklande och hjärnan så förvirrad, att han icke visste, var han var eller vad som hänt. Han måste lyftas över vagnarne, och när han var utanför skansen, hos de sina, sjönk han till marken.

— Vad haven I gjort min son? utbrast riddaren förfärad, upplyfte Erlands huvud och betraktade honom.

— Intet, svarade hövdingen från sin förskansning. Måhända är det skrämseln, som verkat detta.

— Skrämseln, upprepade riddaren med en ljungande blick. *Min* son skrämd av edra lömska dolkar? Nej, han var aldrig rädd, kan aldrig vara det.

— Det är sannolikt, anmärkte pater Henrik, att vreden uttömt

37

den bundne gossens krafter.

Vi vilja nu i få ord säga, att Erland hemfördes till Ekö slott samt att riddaren och patern drogo tillbaka med sitt uppbådade folk.

Knappt hade de avtågat och hövdingen utsänt kunskapare för att övertyga sig, att avtåget var verkligt, förrän han befallde, att Singoalla skulle framföras till honom.

Flickan, som hitintills kämpat en fåfäng strid för att slippa ur kvinnornas händer, störtade till sin faders fötter. Hennes långa hår svallade i vild oordning; hennes ansikte blödde av skråmor, som den gamla häxan, Assims moder, tillfogat henne med naglarne; hennes klänning var i trasor.

Assims moder och de andra kvinnorna sprungo efter henne och samlades under skrän kring hövdingen. Även männen flockade sig dit.

— Rättvisa! rättvisa! skrek Assims moder. Är det nu kommet så långt, att sonen till den döda hövdingen, en gudaättling, får skymfas av de; levande hövdingens dotter? Är Assim icke god nog åt Singoalla? Vänta, vår släkt är mäktig... vår släkt är en hövdingesläkt så ädel, att din är mot den som smuts är mot solglans.

— Tig, käring, sade hövdingen, eller jag skär tungan ur din hals! Har jag någonsin glömt vad rättvisan kräver?

— Min far, ropade Singoalla och slog sina armar kring hans liv, den blonde ynglingen är min man! Vi ha svurit varandra trohet på Alakos bild; du kan aldrig taga honom från mig.

— Hon yrar, sade hövdingen. Var är Assim?

— Jag är här.

— Hämta ett krus!

Kruset frambars av en kvinna. Hövdingen upplyfte det.

— Assim, sade han, jag giver dig min dotter till äkta, och till ett tecken därpå krossar jag detta...

— Håll, utbrast Assim, ni vet icke om jag vill ha henne. Jag fikar ej efter ett äpple, vari en annan bitit.

Hövdingens ögonbryn rynkades, och hans läppar sammanpressades. Men fruktan för Assims släkt, som var vidskepligt ansedd, riktade utbrottet av hans vrede icke mot Assim, som grymt skymfat honom, utan mot Singoalla.

— Bort! ropade han och stötte henne från sig. Jag vill visa, huru en hövding skall skipa rättvisa, och fördömd vare den tunga, som djärves smäda mig för väld! Dotter, du har skymfat ättlingen av en bland de tio furstar, vilka förde vårt folk ur dess fäders land, Assaria. Du visste dig utsedd till Assims hustru, men du har övergivit honom för en främling. Väl, sök denne främling, hans kärlek eller köld, hans miskund eller avsky; men sök intet mer hos oss! Du är utstött ur vårt band. Gå till din främling.

Jubel från Assims fränder och vänner, som utgjorde en stor del av bandet.

Hövdingen hade med denna åtgärd tryggat sitt hotade välde. Därpå var den beräknad. Men vreden hade även sin del däri. Nu, när domen var fälld, kom ett styng i hjärtat, och han väntade, att röster skulle höja sig till Singoallas försvar.

Men alla jublade — alla utom Assim, som stod tyst, och två unga flickor, Singoallas leksystrar, som gingo fram, omfamnade henne och gräto.

För övrigt ett bifall, som skar in i hövdingens själ.

— Vår hövding är rättvis! ropade männen.

Men Assims moder dansade kring Singoalla och pekade på henne med fingret. Och de andra kvinnorna, såväl de äldre, vilka tänkte på Assim för sina egna döttrars räkning, som de yngre, vilka avundades Singoallas skönhet och gillade sina mödrars tankar, ropade: — Gå! Bort! Gå till din främling!

Singoalla förde lockarne ur pannan, vände sig till sin far och sade:

— Jag skall gå, fader. Ja, jag går gärna till den blonde gossen, ty jag älskar honom, och han älskar mig; han är min man, och jag är hans hustru. Men även dig älskar jag, och sedan jag återfått min man, skall jag uppsöka dig, ty icke kan du förskjuta mig för alltid, du, som är så god.

Singoalla vände sig bort och gick ur lägret.

Natten.

Flickan vandrade genom skogen. Hon följde de spår, som hennes folks vagnar efterlämnat. Skymningen låg över nejden, då hon, trött, villrådig och bävande, såg Ekö slott höja sitt torn över sjöns gråa yta. Fallbryggan var uppdragen, och hon vågade icke med ropande giva sin närvaro till känna. Flickan satte sig på en sten vid stranden, gömde ansiktet i sina händer och grät. Hon tänkte på mycket: på faderns vrede, kvinnornas hån, men mest på Assims moders ord, då hon sade, att hon bräddat den blonde ynglingens bägare med en giftdryck.

— Hon ljög, ja, hon ljög, sade Singoalla till sig själv, ty hon ville förjaga denna hemska tanke.

Då väcktes hon ur sitt sorgliga grubbel av smygande steg. Hon såg flera karlar närma sig; hon steg upp; de rusade fram för att fånga henne och föra henne till slottsherrn. De hade i henne igenkänt en kvinna, tillhörig det band av hedningar, helgerånare och giftblandare, som de samma dag under riddarens, sin herres, och paterns ledning efterjagat.

Då grep rädsla Singoallas hjärta, och hon flydde hastigt in i ~~~en. Pilar susade från bågsträngar; de träffade henne ej, men hon hörde deras dödsbådande vin och flydde... flydde så fort den flämtande barmen tillät. Ännu länge hörde hon bakom sig förföljarnes steg och rop; det var dock måhända endast blåsten, som nyss börjat jaga i skogen. Stundom stannade hon förfärad, ty mörkret gäckade henne och lät henne i varje besynnerligt formad buske se en fiende. Hon uppgav då ett skri och tryckte händerna mot sitt klappande hjärta. Så flydde hon åter, lik en jagad hind, utan att veta vart. Himmelen var höljd med svarta moln, som ökade mörkret; blåsten tilltog, regn började falla. Det ven bland klipporna, det rasslade i träden; det var som om varje föremål i naturen fått röst för att hota och skrämma henne. Väl föllo regndropparne svalkande på den heta pannan och gåvo henne styrka att ila vidare; men slutligen veko krafter och sans. Hon sjönk ned i mossan under en gran.

När hon vaknade till medvetande och såg sig omkring, visste hon icke var hon var. Mörkret hade insvept allt i en ogenomtränglig slöja, stormen röt, och regnet skvalade ur brustna skyar. Hon ropade sin faders namn, hon ropade Erlands namn, men hennes röst bortdog bland nattens vilda toner. Då hörde hon ett tjut i sitt grannskap. Det är vargen, tänkte hon; han tjuter av hunger; han skall få äta mig, ty min fader har förskjutit mig, och Erland är förgiftad av Assims moder. Och Singoalla steg upp och gick dit, varifrån tjutet hördes. Det förnams nu helt nära... Singoalla såg något röra sig under ett träd... hon närmade sig... hon kände en luden best lägga tassarne på hennes bröst... hon sjönk till marken... djuret stod över henne, vädrade på hennes ansikte, slickade det med len tunga och uppgav ett glatt skall.

— Käck! ropade Singoalla.

Det var den trogna hunden, som en man av det vandrande folket bundit vid ett träd utanför vagnborgen, kort innan sveket förövades mot Erland.

— Ack, gode Käck, du är icke en varg, du vill icke låta mig dö, sade Singoalla. Men du är Erlands hund, och därför älskar jag dig.

Singoalla märkte, att Käck var bunden, och hon löste honom från trädet.

— Stanna nu hos mig, fortfor hon och fattade om hans hals, ty vet, gode Käck, jag är gruvligt ensam, mycket rädd och mycket olycklig. Min fader har förskjutit mig, och Erland är kanske död. Men om han lever, få vi dock icke träffas, ty hans fader och alla hans fränder, ja alla vita människor vredgas på mig och vilja döda mig. Min fader är en rövare, och mina fränder äro giftblandare. Ack, gode Käck, jag är ensam och gruvligt olycklig!

Så talade Singoalla och grät. Men Käck gjorde sig lös och försvann i mörkret. Även han övergav henne. Han förstod ju ej hennes ord; han var dessutom hungrig, stackars Käck, och längtade väl till sin herre. Men nej, han återkommer snart och lägger sitt huvud i Singoallas sköte. Han ville endast röra sig fritt en liten stund, ty han hade länge stått bunden. Han stannade nu hos Singoalla hela natten, lyssnade tålmodigt och likasom begripande till hennes klagan och slickade flitigt hennes händer. Det var det enda sätt, varpå han kunde uttrycka sitt medlidande.

Mot morgonen sjönk Singoalla i orolig slummer. Hennes späda kropp skakade av kyla och utmattning. Hon väcktes av Käcks skall. En man stod framför henne.

— Assim! utbrast hon och riktade på honom en förvirrad blick.

— Ja, det är Assim, du olyckliga Singoalla, sade han. Jag har sökt dig hela natten.

— Vad vill du mig?

— Rädda dig, Singoalla, att du icke faller i de vitas händer. Du är ju ensam, olyckliga barn. Du är hungrig; här ett bröd! Du fryser; här min kappa! Stig upp, Singoalla. Om du icke älskar Assim, så låt honom likväl rädda dig. Du är förskjuten av din fader, men jag kan icke övergiva dig.

— Gå ifrån mig! Du och din moder, I haven dödat min Erland. Du är förhatlig för mina ögon.

Assim teg och dolde ansiktet i sina händer.

— Assim, utbrast Singoalla hastigt. Du är god, jag skall icke visa dig bort; nej, jag skall följa dig och jag skall älska dig, om blott du uppfyller en enda bön.

— Jag vill ju dö för dig; jag vill göra allt vad du vill, blott icke lämna dig, sade Assim med ett lätt skimmer av glädje i sitt mörka ansikte.

— Väl, gå till borgen och återvänd hit med Erland! Men kom ej tillbaka utan honom! Våga ej komma utan honom!

— Din Erland är död, sade Assim, grymt sargad i hjärtat av dessa ord.

— Du ljuger.

— Nej, då jag sökte dig, var jag även i grannskapet av slottet. Jag hörde folk tala och säga, att han är död.

— Gå då från mitt ansikte och låt mig dö, bad Singoalla och lutade sin panna mot granens stam.

Assim stod orörlig; suckar hävde hans barm. Även Singoalla var tyst och orörlig, där hon satt med pannan tryckt mot granens hårda bark. Då närmade sig henne Assim slutligen, lyfte henne i sina armar och bar henne ett stycke. På samma kulle, där vagnborgen nyligen varit, väntades Assim av två hästar. Han svepte Singoalla i sin kappa, band henne vid den ena hästen, fattade tygeln, svängde sig själv upp på den andra och red mot söder.

Käck följde Assim och Singoalla.

41

Giftdrycken.

Då Assim sade, att Erland var död, talade icke sanningen ur hans mun utan svartsjukan och hågen att rädda Singoalla.

Men Erland var nära döden; det fordrades den sista ansträngningen av hans kraftiga natur och pater Henriks läkekonst för att segra över giftdrycken. Patern upptäckte sjukdomens orsak; brytningen inställde sig snart nog, och Erlands liv var från det ögonblicket utom fara; men efterverkningarna fortforo länge och voro av förfärlig art, ty hans själsförmögenheter, i synnerhet hågkomsten av det förflutna, voro nästan släckta. Knappt nog igenkände han sin fader och moder. Patern satt under sjukdomens långa dagar vid hans säng och förströdde honom med sagor. Han lyssnade och uppfattade med möda sammanhanget i de enkla historierna. De sagor, patern berättade, valde han med särskild avsikt: de rörde sig uteslutande kring unga riddare, som förhäxats av bergsrån och trollkvinnor, och som ur horn, bräddade med gift, insupit kärlek och glömska av det förflutna. I Erlands själ togo småningom dessa bergsrån och trollkvinnor skepnaden av en ung skön flicka, mot vars bild han i början log, men som snart förekom honom hemlighetsfull och förskräcklig. Denna flicka var Singoalla.

Stundom undföll Singoallas namn hans läppar; men det skedde tanklöst, och ljudet av detta namn, förut så älskat, trängde då, liksom hade det kommit ur en annan mun, helt främmande in i hans själ och fyllde honom med ångest.

Han påminde sig oredigt det äventyr, han utstått i det vandrande folkets läger; han kände sina armar bundna och såg en dolk måttad mot sitt bröst. Men handen, som syntes honom föra denna dolk, tillhörde än en mörk man med hemska ögon, än en trolsk flicka, och denna flicka var Singoalla.

Dock lekte hans inbillning även med spillror av ett skönare förflutet. Han såg sig stundom försatt till kullen vid bäcken och plockade där blommor i sällskap med en flicka, som föreföll honom ljuv och älskvärd.

Men denna kvinnobild bar icke Singoallas utan Helena Ulvsax' milda drag. Och detta var icke underligt, ty Helena Ulvsax vakade ofta vid den sjukes säng, och hans ögon avspeglade då hennes anlete.

Äntligen var Erland så återställd, att han kunde gå ut. Stödd på sin moders arm och ledsagad av den ljuslockiga Helena vandrade han in i den doftande skogen och insöp himmelens friska luft. Tillfälligtvis, eller måhända av vana, gick han den stig, han själv banat, till kullen vid bäcken, hans förra mötesställe med Singoalla. Granen susade som vanligt på kullens topp, bäcken sorlade ock som vanligt, och samma blommor växte där som förr. Erland satte sig vid bäckens rand; en svag hågkomst av något ljuvligt förflutet spelade genom hans minnes töcken och uppfyllde hans bröst med milt vemod. Han blickade upp, såg Helena vid sin sida och förde hennes hand till sina läppar.

Men riddar Bengt hade nu beslutit, att Erland, när han var någorlunda återställd, skulle lämna fädernehemmet för att i livets flod återhämta mod och levnadslust och i krigets skola utbilda sig till man och riddare.

Ingen önskade detta hellre än Erland själv. Han ville, såsom forntidens krigare, genom mandom förvärva namn och ära. Ynglingaårens lust för äventyr vaknade. Sommaren tillbragtes med tillredelser för resan. Tjugu man av riddarens underhavande utrustades för att följa Erland. Han valde dem själv bland bygdens raskaste svenner, och dagligen övade han dem i vapen på slottets borggård.

Hösten nalkades, och nu tog Erland farväl och drog, rikt försedd med vapen, hästar och penningar, bort med sin lilla skara. Vägen togs till Kalmar, varifrån en skuta skulle föra äventyrarne till Tyskland, där Erland ville tillbjuda kejsaren sin tjänst.

Men innan Erland lämnade Ekö slott, hade han och Helena Ulvsax svurit varandra trohet.

Då havets böljor dansade kring Erlands skuta och buro honom allt längre från fosterlandets strand, hände stundom, att besynnerliga tankar rörde sig hos ynglingen. Namnet Singoalla genljöd i hans sinne och förvirrade det. Han på en gång avskydde och älskade detta namn. I dess klang lågo kärlek och svärmeri, gift och trolldom. Stundom glänste i hans hågkomst bruna ögon, rodnade bruna kinder och ville likasom trotsa bilden av Erlands trolovade, den milda Helena, ville likasom med sin skönhet överlysa hennes; då sade Erland:

Vik bort, gudlösa syn, ur min själ!... och han visslade på vind, ställde sig vid rodret och styrde sin köl mot södern.

SENARE AVDELNINGEN.

Sorgbarn.

Tio år hava förflutit, och många skiften under den tiden timat. Herre på Ekö slott är nu riddar Erland Månesköld; hans fru är Helena Ulvsax, och hon bär redan en liten Erland vid sin barm. Riddar Bengt och fru Elfrida äro avsomnade. Då Erland från sin utländska färd, mätt på krig, blodsutgjutelse och tom ära, återkom till hemmet, vilade de båda redan i sin murade grav under klosterkyrkans altare.

Men pater Henrik lever, och såsom han fordom besökte riddar Bengt, besöker han nu riddar Erland och sitter om aftonen i salen vid hans sida, samtalande om de märkliga händelser riddaren upplevat i främmande land. Fru Helena lyssnar och småler åt sin lilla son; tärnorna lyssna även, där de längst bort i salen svänga sina sländor.

Erland är lycklig med sin maka; men hans sällhet är ej oblandad, och vilken jordisk lycka är väl det? Han har i stridernas vimmel urladdat sin ungdoms eld; manligt allvar, stundom övergående till dysterhet, vilar på hans panna; han har prövat livet och människorna; nu söker han vid den husliga härden, i stillhet och glömska, sin jordiska trevnad.

Men i djupet av hans själ dväljes en skugga, som suckar i sitt mörker och vill stiga upp i tankens och känslans ljus. Dock, riddaren förbannar hennes suckan och besvärjer henne, som en ond ande, att förbliva stilla i sitt djup — ty alldeles förjaga henne förmår han icke.

Denna bild är Singoalla.

Denna skugga följde honom i strider och äventyr, i glädje och sorg, under tider av fyllt hopp och tider av gäckad väntan. Hans minne av den bruna flickan har visserligen klarnat men står dock i hemsk belysning, lik den, som vilar över heden, då månen blodröd går upp över synranden. Det är oupphörligt förenat med minnen av möten nattetid i skogen, av helgerån, giftdrycker, dolkstyng, trolldom och hedniskt väsen. Och likväl tillstår han stundom för sig själv, att han med kärlek fasthänger vid denna bild; i sådana stunder vill han ej skåda sin Helena i ögonen; han rider ut i skogen, rider vilt, så att hästen betäckes av fradga, rider länge, intill dess natten ruvar på nejden.

En sommarafton, då riddaren, ansatt av sitt dystra lynne, red i skogen, kom ett åskväder med strida regnskurar. Han sökte skydd i klostret, i vars grannskap han var. Brodern portvaktaren, nu så skallig av ålder, att tonsuren för honom var överflödig, öppnade porten, hälsade riddaren och sade honom, att priorn var i bokrummet. Riddaren gick in och fann sin gamle lärare med pennan i hand, skrivande i en foliant, på vilken han för tio år sedan började arbeta. Det var den outtröttliga fliten, som lägger sandkorn till sandkorn, till dess berget är färdigt, såsom tiden lägger sekund till sekund och med samlade sekunder härmar evigheten. Rummet var sig likt, dunkelt och högtidligt; björkarna skuggade som fordom det gröna bågfönstret, och folianterna stodo på sina gamla hyllor; ja det märke, som patern för tio år sedan, under den sista lästimmen med sin lärjunge, lade vid *Extremum hunc, Arethusa, mihi concede laborem*, fanns ännu i den gamle Virgilius. Men den forne lärjungen var icke mer gosse utan en man med allvarlig panna och bleka, skäggvuxna kinder.

Riddar Erland satte sig vid paterns sida. Det utanför rasande ovädret, de mot fönstret slående regnskurarnes vemodiga sorl stämde samtalet i dyster ton. De båda männen samtalade om mänskliga tingens förgänglighet, men då Erland endast såg det skiftande, flyende, skummande och försvinnande i tidens flod, pekade patern mot himmelen och påminde om det oförgängliga; då Erland yppade, att han ingenstädes funnit ren metall i människonaturen utan alltid slaggblandad, sade patern: — Stoft är stoft, ande är ande. Men även här i stoftet skall anden dock varda herre. Materien är underkastad ett andevardande, himmelen skall nedstiga till jorden och en ny tid komma för människosläktet.

— Tror ni det, fromme fader? sade Erland. Måhända är det då byggmästaren, som nu går över jordens grund och röjer marken för den nya byggnaden?

— Vad menar du? sade munken.

— Jag menar pesten, den svarta döden, böldsjukan, som härjar världen. Jag har förut sagt er, vad jag såg i Tyskland, Italien, Frankrike, ja vart jag ställde min kosa. Då jag återvände hit, lämnade jag bakom mig en kyrkogård, alla söderns land, full av jämmer, död och förruttnelse. Människorna dogo icke annorlunda än säden faller för lien. Lübeck var den sista stad, jag såg i romerske kejsarens rike, ty där inskeppade jag mig åter till Kalmar, och på Lübecks gator lågo nio tusen lik. Jag har hört omtalas städer, där hundra tusen människor dogo inom få dagar. Är ej detta byggmästaren, som vandrar över jordens grund och röjer marken för den nya byggnaden? Skall icke ordningen snart komma även till oss?

— *Miserere, Domine!* Herre, förbarma dig! mumlade patern med sammanknäppta händer.

— Se, fortfor riddaren och pekade mot fönstret, se dessa droppar, som falla mot rutorna och glida som i bäckar ned! Måhända ha de moln, som alstrat dem, drivit hit från söderns pestsmittade bygder, där de uppsupit giftångorna från de lik, som hölja jorden; måhända äro dessa moln mordängelns mantel, som fladdrar över våra huvuden; måhända bär varenda av dessa droppar i sitt sköte fröet till de levandes förintelse. Vem vet?

— Herre, förbarma dig! viskade munken.

Mörkret i bokrummet ökades av de svarta skyar, som drogo över himlavalvet. Då och då ljungade en blixt genom rymden och kastade ett bländande sken i rummet. Det var, som om en röst från himmelen sannat riddarens hemska gissning.

— Det går en sägen, fortfor denne, att pestens ankomst till en ort bådas genom en syn. Man ser tidigt på morgonen en gosse inträda genom stadsporten med en räfsa i handen. Räfsar han utanför ett hus, där dö många. Stundom följes han av en flicka, som bär en kvast, och sopar hon utanför ett hus, där dö alla. Men detta är väl bara en saga. Visst är, att de flesta människor tro yttersta domen nära och därför testamentera sin egendom till kyrkor och kloster.

— Du sade sant, det är byggmästaren, som röjer marken för sitt nya hus. Erland, när jag såg dig anlända hem och såg den vita mantel med rött kors, som höljde din rustning, då sade jag till mig själv: Se där en stridsman, som vigt sitt svärd åt trons utbredande, sin lekamen åt späkningen, sin egendom åt kyrkan, sitt allt åt Gud! Jag trodde, att du avlagt en andlig riddarordens löfte, att du var munk och krigare i en man. Jag gladde mig däråt, ty det var sådan jag drömde mig din framtid, då du var gosse; det var detta mål jag ville, att du självmant skulle söka. Väl är icke allt detta uppfyllt; du har kämpat mot de otrogna i Lithauen men är en världslig man: du har maka och son. Vet, unge riddare, att en byggnad uppföres med jorden till grundval, med himmelen till tak. En ny väldig arbetare har lagt sin hand på verket och påskyndar det med jättefart; ja, denne arbetare är, såsom du sade, ingen annan än Pesten, som nu härjar jorden. Människorna, sade du även, testamentera sin egendom till kyrkor och kloster. Väl, byggnaden reser sig således sten för sten. Den mycket haver, honom skall mer varda givet. Guldets onda elementarande kristnas icke, förrän han bundits i kyrkans band; då varder han ängel, som ur ymnighetshornet välsignar jorden. Allt, allt, vad jordisk rikedom heter, skall, penning för penning, samlas i kyrkans sköte; och då allt, allt är samlat där, var är då de jordiska furstarnes makt? var den rike, som förtrycker den fattige? var den nödlidande, som förgäves ropar på bröd? var en andlig förmåga, som ej skall utvecklas i Guds tjänst? var en gnista snille, som ej skall framletas ur askan och upplivas till ett stort ljus? var en enda barnasjäl, som ej med alla sina slumrande förmögenheter skall utbildas till en fullkomlig människosjäl? Då kyrkan äger allt, så är också allt gemensamt, hela mänskligheten ett brödraskap, förenat i kärleksmåltider kring Kristi bord; då är ingen rik, men heller ingen fattig; då är det tusenåriga riket kommet. Ja, må det komma! Amen! Erland, det är detta mål, till vilket ett förbund, utbrett över hela kristenheten, strävar. Förbundets huvud är vår fader i Rom, och jag är en av dess ringaste medlemmar med föga kraft, men med god vilja och gott hopp...

Ovädret fortfor. Det var nu mörkt, och patern tände en lampa. Hennes matta ljus kunde ej dölja de vita blixtar, som alltemellanåt fladdrade över fönstrets svarta grund och göto sitt sken på riddarens och munkens bleka anleten.

— Följ mig till kapellet... Guds röst höres i stormen... låt oss bedja! sade patern och steg upp. Erland följde honom.

Munkarne kallades till kapellet. Vaxljusen i grenstakarne tändes. Samlade kring altaret och knäböjda vid detta uppstämde munkarne en sång, i vars toner dallrade känslor, för vilka intet hjärta är alldeles främmande: människans rädsla för naturens övermakt och vrede, för hennes dunkla alstringskraft och omotståndliga förstörelselusta, men även människans förtröstan till ett barmhärtigt väsen, vars kärlek är närvarande även i ödeläggelsen.

Med munkarnes sång förenade sig ljuden från klockornas helgade malm. Men högre och kraftigare än de dånade åskan, brusade stormen.

När bönen var ändad, återvände patern och riddaren till bokrummet. Klockorna klämtade ännu; de skulle ringa, så länge stormen fortfor, och mana det kringboende folket till bön.

Riddaren ville nu återvända hem och ämnade gå till sin häst, som överlämnats i broder Johannes' vård. Men i samma stund inträdde denne och anmälde, att en gosse av främmande och ovanligt utseende ville tala vid priorn.

— Varifrån kommer han i detta oväder? sporde priorn förundrad.

— Jag vet icke.

Priorn och även riddaren tänkte ögonblickligt på den syn, som troddes båda pesten.

Gossen infördes i bokrummet och åsågs med undran av patern och riddaren. Han var liten, späd, omkring nio år gammal. Regnvatten droppade ur hans långa mörka lockar, men en kappa, som han avlagt där ute i valvgången, hade skyddat hans bruna dräkt mot väta. Hans anletsdrag voro sköna men buro en sådan prägel, att man knappt trodde sig se ett barn; ty det låg så djupt allvar på hans panna, så mörk erfarenhet och hemlighetsfull glans i hans ögon, så mycket tyst och tåligt lidande på hans bleka kinder, i linjerna kring hans lilla mun och i den fina ådertecknringen på hans stora ögonlock, att det bildade icke en naturlig utan en övernaturlig samklang med hans barnsliga ansikte. Hans dräkt var, som nämnt är, brun och i tyget grov men likväl så skuren, som om den förfärdigats av en moder, stolt över sitt barns skönhet.

Var det pestgossen? Nej, han bar icke den hemska räfsan... Nej, han var ej en skenbild utan en liten varelse med människoblod i ådrorna.

— Vem är du? frågade patern och lyste med lampan på främlingen.

— Jag heter Sorgbarn.

— Har du vandrat långt i detta förfärliga oväder, stackars barn?

— Ja.

— Varifrån kommer du?

— Fjärran från.

— Sorgbarn! Ett ovanligt namn! Dock känt i den heliga skrift. Är du ensam?

— Ja.

— Är du kristen? frågade riddar Erland hastigt.

Gossen jakade åter.

— Kan du uttala Guds och Kristi namn? frågade priorn till yttermera visso.

— Gud och Kristus, upprepade gossen, i det han böjde huvudet och gjorde korstecknet.

— Nåväl, fortfor priorn lugnad, säg mig nu, vad ditt ärende är, och giv mig även närmare besked än hitintills om skälet till din vandring, huru du kommit hit, och vem din fader och vem din moder är. Därefter skall du föras till klosterköket för att äta dig mätt, och sedan det skett, skall du få en säng att vila i, ty trött och hungrig måtte du vara.

Medan priorn talade så, sken en blixt in i rummet och rullade åskan så häftigt över deras huvuden, att patern och riddaren korsade sig och sade: — *Miserere!* Men Sorgbarn stod lugn med ögonen fästa på golvet.

— Kom fram, sade riddaren till gossen, och låt mig närmare se på dig!

Sorgbarn gick fram och såg riddaren i ögonen.

Riddar Erland lade sin hand på hans huvud och suckade djupt — han visste ej varför. Han kunde ej skilja sin blick från gossens drag; de påminde honom om något förflutet. Och under det han så betraktade den lille vandrarens ansikte, började åter skuggan, som dvaldes i hans själs djup, att sucka, röra sig och söka tränga upp i själens ljusare, av minnets klarhet lysta ängder. Då grep riddaren med omedveten häftighet om den lilles arm och tvekade, om han skulle trycka honom till sitt bröst eller slunga honom bort med sin arms hela kraft. Men gossen gav riddaren en blick, som om han ville säga: Släpp min arm! Du gör mig illa.

De upplysningar patern äskade vann han endast genom många upprepade frågor. Se här vad han fick veta:

Sorgbarn hade vandrat långt, genom stora skogar, genom många städer och farit över vida vatten. Vad dessa skogar, städer och vatten hette, det visste han ej, ty han var icke vetgirig på namn, och de namn han hört hade han glömt. På sin vandring var han icke ensam; han hade haft följeslagar. Men vilka, därom gav han föga besked. Då patern närmare frågade om detta, teg han, likasom han ej förstått frågan, och då patern upprepade den, teg han åter. Om ändamålet med sin vandring berättade Sorgbarn följande, som icke litet förvånade både patern och riddaren:

— Det är vordet uppenbarat för min moder, att ett kloster skulle finnas i denna nejd, vilket en gång i förflutna år plundrades av hedningar. Det är likaledes uppenbarat för min moder, att de rövade skatterna skulle återfinnas genom mig, om hon med mig ville företaga en vallfärd till det avlägsna klostret, och om en riddare, som är herre över trakten däromkring, ville taga mig till sin ende livtjänare, och jag ville tjäna honom i hundra dagar och sova på mattan vid hans dörr. Då sade min moder, att det vore ett Gud behagligt verk att uträtta detta; min moder sade ock, att hon var mycket olycklig, och att Gud kanske skulle återgiva henne lycka, om denna uppenbarelse fullbordades. Hon sade även, att vi borde göra detta för min faders själs skull, ty min fader hade syndat mycket, i det han brutit ett heligt löfte. Därjämte var min moder glad, att hon fått denna uppenbarelse; hon dröjde icke att giva sig på väg och tog mig med sig. Jag hade även en annan ledsagare, men nu är jag ensam. Är detta det kloster, till vilket jag är sänd? Har detta kloster hemsökts av hedningar? Bor här bredvid någon riddare, som heter Erland, ty så skall vara hans namn.

— Den Gud, som hägnat dig på din långa väg, späde pilgrim, har ock lett dina steg rätt, sade patern och betraktade Sorgbarn med vördnad. Ja, detta kloster plundrades för tio år sedan av hedningar, och den riddare du söker sitter här. Denne man är riddar Erland Bengtsson Månesköld. Det synes, som om Gud med detta ville göra ett underverk i våra tider. Utgången skall visa det. Dock — icke sällan hör man omtalas lika underbara syner och uppenbarelser. Undfick din moder sin uppenbarelse i vaket eller drömmande tillstånd, du unge Sorgbarn?

Men Sorgbarn svarade ej på denna fråga, ty hela hans akt var fäst på riddaren. Gossen skakade huvudet och sade till sig själv:

— Nej, sådan är han icke. Min moder sade, att han är ung, vacker och skägglös.

Vad vilja dina ögon? frågade riddaren, som suttit tyst med pannan lutad i handen. Hans röst var sträng, då han gjorde frågan.

— Är du riddar Erland! frågade Sorgbarn.

— Ja... och du, landstrykare, vem är din fader och vem din moder? Du har sagt mycket men icke detta. Ditt tal har varit långt och slingrande som en ål. Det har runnit bort utan att lämna spår. Vem är du själv? Av allt, vad du sagt, vet jag ingenting.

49

Nu började pater Henrik i väl valda ordalag föreställa riddaren, att detta ej var rätta sättet att bemöta en pilgrim, ung och värnlös som denne och kommen i så underbart ärende. Icke allena för pilgrimens egen skull, ej blott för hans faders och moders, ej heller endast för klostrets, utan förnämligast för att se, om ej Gud med detta ville bevisa ett underverk, vore det riddar Erlands skyldighet att emottaga pilgrimen i sitt hus och låta honom sova på sin matta. Vore villfarelse eller svek med i spelet, skulle väl detta snart röjas, om icke förr, så efter de hundra dagarnes förlopp.

Patern tillade, att Sorgbarn skulle denna natt vila i klostret, men att om riddaren för den bestämda tiden ville taga honom till tjänare, skulle det fromma verk, som barnet med denna tjänst uträttade, följande morgon invigas med en högtidlig mässa i klostrets kapell, vilken riddaren och fru Helena inbjödos att övervara.

— Nåväl, svarade riddaren, det må så bliva. Och han fortfor viskande: — Om jag ej hört denne gosse uttala Guds och Kristi namn, skulle jag tro honom vara en ond ande, ett hemskt spökelse, ett bländverk från avgrunden. Se hans ögon Äro de ett barns ögon? Talar ej olyckan ur deras mörka djup? Jag säger er, fromme fader, bestänk detta barn i morgon rikligen med vigvatten!

— För mig är hans ansikte intagande, och ej heller ser jag något ont i hans ögon, svarade priorn.

— Jag tänker på pestgossen, mumlade riddaren. Måtte den här icke föra olyckan i mitt hus!

— Vilken tanke!

Riddaren bläddrade mekaniskt i handskriften, som låg framför honom, sänkte huvudet i båda sina händer men lyfte det igen och såg med en blick av överraskning och nästan rädd misstänksamhet mot dörren, ty han hörde något därifrån: en halvt viskande, halvt sjungande barnröst, ledsagad av toner med en skär, spröd, eterisk klang.

— Vad är detta? Är det han? Vågar han sjunga i vår närvaro? Och då åskan går! Miskunda dig, Gud! Vilken blixt!

Riddaren ville stiga upp. Hans ögon voro hotfullt riktade på gossen; men patern lade hejdande sin hand på hans arm. Även patern var förvånad, när han hörde Sorgbarn sjunga och såg honom knäböjd knäppa med fingrarne på glasbitar, som han framtagit ur sina kläder och lagt på golvet. Väl är det sant, att barn pläga hastigt byta allvar i lek och lek i allvar, men att göra det nu och under sådana förhållanden var dock högligen överraskande. Riddaren vände sitt ansikte mot patern och sade:

— Min gamle lärare, jag blygs, när jag säger det, och jag förstår det icke själv, men detta barn, om det är ett barn, förvirrar mig, skrämmer mig, uppjagar stygga minnen och inbillningar. Du hör ju, att han sjunger! Tro mig, det är en trollsång. Vet du vad? Jag hörde i min gossetid en landstrykare, den gången en gubbe, sjunga en trollsång, en som gjorde mig halvgalen av lust att rusa in i mannaskaror och slå och döda och dödas. Han sjöng om Satan, som han kallade Oden, i spetsen för svear och göter, våra olyckliga hednafäder, eggande dem till kamp, förmodligen mot kristendomens stridsmän. Han sjöng om pilforsar, störtande ned i spjutskogar, om ett vapenhav, vältrande skriande böljor, piskade av valkyriestormen och skimrande i svärdens ljungeldslågor. Jag såg, ja, jag såg Satan på den åttafotade helveteshästen. Gråa moln och blåa himmelsflikar fladdrade från hans axlar. Jag hörde hans rop mitt genom stridslurar, dånande som domsbasuner. Minnet skär mig genom märg och ben. Jag var förtrollad, förhäxad, utom mig. De kringstrykande sångarne äro ett farligt folk. Väl, att de nu i det närmaste försvunnit. Den här pojken är av deras yngel. Tysta honom!

Sorgbarns sång var vemodig och omfattade endast några toner, som bildade en enformig, ödslig och främmande melodi. Om riddaren och patern velat lyssna till Sorgbarns sång, skulle de på en mellanstund, då åskan var tyst, kunnat höra följande ord, ledsagade av glasbitarnes klang, regnets sorl där ute och klockornas dån från tornet:

> Solen går ned, och molnen vandra med vefullt sinne
> hän över skummande sjö, över susande skogars mörker,
> tranan skriar på ödsligt skär,
> falken dväljes i klyftans skygd;
> trött att jaga han gömt sin näbb
> vingens av skurar tyngda dun.

> Solen gick ned, det svartnar så djupt under gran och fura,
> regnet sorlar och ränniln suckar i bergets mossa,
> molnet löser sin sorg i gråt,
> sonen vilar på moderns sköt,
> molnets son och hans sorgsna moder
> längta och svinna i tårar hän.

Dessa ord sjöng Sorgbarn, men innan han slutat sin sång, steg riddaren upp, gick fram till honom och trampade glasbitarne i smulor.

— Hör du icke åskan? sade han och fattade gossen häftigt i armen. Vill du gäcka Guds röst i stormen? Var har du lärt seder? Höves det ej den fromme att korsa sig och böja sitt huvud för blixten? Är du en hedning?

Sorgbarn såg på sitt smulade klangverk och sedan på riddaren.

— Får jag tjäna dig i hundra dagar eller icke? frågade han, likasom han ej förstått riddarens vrede.

Denne släppte hans arm och kunde knappt uthärda hans blick men svarade:

— Du må komma, ty det lyster mig se, vem du är. Men dessa hundra dagar skola icke varda dina sötebrödsdagar, var viss därom! Du skall få sova på min matta men också vara min hund och lönas med sparkar. Och återfinnas icke de plundrade klosterskatterna genom dig, såsom du föregiver, att det är uppenbarat din moder, då har du än värre att vänta.

Sorgbarn tycktes icke frukta utan glädja sig åt löftet, ty det skimrade likasom fröjd i hans mörka ögon.

Riddaren önskade nu god natt åt priorn, som i hjärtat var ledsen över hans hårdhet mot den lille pilgrimen. Men pater Henrik sökte gottgöra detta med att visa gossen dess större godhet; när riddaren gått, förde priorn Sorgbarn icke till klosterköket utan till munkarnes bord i refektorium, satte honom vid måltiden mellan sig och den äldste klosterbrodern och talade med munkarne om hans vallfärd och märkvärdiga ärende.

Sedan bröderna hört detta, visade de Sorgbarn större vördnad, än äldre män vilja tillmäta gossar.

Efter måltiden bäddades åt Sorgbarn en säng i bokrummet, där han överlämnades åt ensamheten, sedan priorn önskat honom god natt, välsignat honom och återvänt till sin cell.

Riddaren och pilgrimen.

Tidigt följande morgon hölls i klosterkapellet den mässa, med vilken pater Henrik beslutit inviga Sorgbarns fromma värv hos riddar Erland.

Den förflutna nattens åska hade rensat luften. Morgonen var dejlig. Vid Erlands arm vandrade fru Helena till klostret, följd av alla slottets tjänare och tjänarinnor. Riddaren hade för sin husfru omtalat sitt möte med Sorgbarn, dennes ärende och sitt löfte att emottaga honom. Mot detta löfte hade fru Helena så mycket mindre att invända, som det gällde en from gärning, genom vilken måhända Guds kraft på ett underbart sätt skulle uppenbaras. Hon var tvärtom brinnande i hågen att se den unge pilgrimen och gladdes högligen över att just hennes hus var det, vari uppenbarelsen ålagt honom botgöra och tjäna. Och när fru Helena inträdde i kapellet och munkarnes högtidliga sång tonade henne till mötes och hon bland deras böjda skepnader upptäckte gossen, iförd en snövit skrud och skönare än någon av de keruber, med vilka en konstnär smyckat Gudshusets väggar, då knäföll hon och med henne riddaren och allt folket och förenade sin bön om det fromma verkets

framgång med den ambrosianska hymn, som högtidlig, fastän sjungen av darrande stämmor, fyllde valvet:
O rex æterne domine,
Rerum creator omnium,
Qui eras ante sæcula
Semper cum patre filius...

Rökelsekaren svängdes och slöjade koret med ljusa skyar; pilgrimen knäböjde på altarrunden och emottog välsignelsen. Sedan detta skett, fattade priorn hans hand och förde honom fram till riddaren. Fru Helena emottog honom med vänliga ord; riddaren sade intet men såg noga till, att Sorgbarn, likasom alla de andra, fick sin andel från vigvattenskvasten, då de lämnade kapellet. Sedan Sorgbarn åter iført sig sina vanliga kläder, följde han, ett mål för allas nyfikna blickar, sitt nya husbondfolk till slottet.

På vägen dit timade, att en raggig hund med långsamma steg, likasom stela av ålder, kom gående ur skogen, sällade sig till Sorgbarn och slickade hans hand. Därefter vädrade han på riddaren, uppgav ett tjut och ville hoppa upp mot hans bröst. Riddaren sparkade hunden tillbaka, men då han åsåg djuret närmare, utropade han och stannade:

— Min gamle Käck! att du ännu lever! Varifrån kommer du?

Riddar Erland smekte hunden och kunde inom sig ej nog undra över detta oväntade återseende, ty Käck hade för tio år sedan försvunnit, och riddaren trodde, att det främmande folket hade stulit honom, eller att han var uppäten av vargarne.

Dock gladde sig riddaren icke över återseendet, utan snarare fyllde det honom i denna stund med skumma tankar, mörklagda aningar, och förband sig med minnen, från vilka han helst ville vara fri. Men Käck gick troget i riddarens spår till slottet, välkomnades där av de äldre bland husfolket, för vilka hans återkomst gav skäl till mycket tal, och intog, i trots av det yngre hundsläktets förargelse, sitt gamla bo på borggården.

Nu följer att omtala, huru Sorgbarn tillbragte sina dagar på Ekö slott.

Riddar Erland fogade sig med motvilja i de anordningar, som Sorgbarns värv krävde. Fru Helena utsåg åt sin man ett tomrum till sängkammare, och hon uppmanade honom vänligt men enträget att endast av Sorgbarn låta betjäna sig, huru illa det än måtte ske; ty så var ju uppenbarelsens föreskrift. Samvetsgrant iakttogs därför, att endast Sorgbarn fick brädda hans bägare och uträtta hans bud. Men ingalunda tycktes det smaka riddaren att emottaga sin bägare ur den lille botgörarens hand; ja de bägge första dagarne rörde hans läppar icke pokalens rand. Mörka blickar, tunga ord vordo gossen ymnigt till del; stundom hände ock, att riddaren lyfte sin hand för att slå honom; men

53

då stod Sorgbarn, som vanligt, stilla, tyst, med fällda ögonlock... och riddaren tyglade sin vrede. Minst tålde riddaren hans ögon; detta visste Sorgbarn och såg honom därför sällan i ansiktet. För att undvika sin påtvungne tjänare vistades riddaren mer än vanligt i skog och mark; han jagade, fiskade, besökte underhavande och tillsåg deras arbeten på åker och äng. Då hade Sorgbarn sina lediga stunder, och dem nyttjade han till att vandra i skogen, varunder Käck vanligen följde honom, eller att sitta ensam i en öde tornkammare, där ett sönderblåst fönster gav honom ämne till ett nytt tonverktyg; vid det sjöng han då sina vemodiga och besynnerliga visor, diktade av någon inom honom. Sorgbarn fick vid dessa tillfällen vara ostörd, ty man trodde, att han i sin ensamhet väntade på uppenbarelsen, var han nämligen skulle finna de rövade klosterskatterna. Men om natten vilade Sorgbarn på mattan innanför riddar Erlands dörr, och denne åhörde otåligt under sömnlösa timmar suckarna, som pressades ur gossens barm.

Om aftnarne, då riddaren satt i salen hos sin fru, var Sorgbarns plats i ett avlägset hörn. Fru Helena talade ofta till gossen vänliga ord; men hans ansikte lyste aldrig av glädje. Dock förstod han hennes välvilja; det märkte hon i hans ögon. Men när riddaren, som ofta hände, tog sin son, den lille Erland, i famn, lät honom rida på sitt knä eller smekte och kysste honom, då kvävde Sorgbarn snyftningar men lät tårar rinna, ty tårar höras icke, och mörkt var hörnet, där Sorgbarn satt.

Så kom den tionde dagen av Sorgbarns vistelse på Ekö. Riddaren hade rott ut på sjön att fiska; Sorgbarn gick till skogen. När riddaren återvänt från fisket och satte sig till middagsbordet, var Sorgbarn icke tillstädes. Hans plats var annars bakom riddarens stol, ty han betjänte sin herre även vid måltiderna.

— En påpasslig tjänare och en ivrig botgörare, denne Sorgbarn! sade riddaren. Ve hans arme faders själ, om ej andra överloppsgärningar än denne sons kunna lösa henne ur skärselden!

Men riddaren hade knappt uttalat dessa ord, förrän Sorgbarn inträdde.

— Kom hit, ropade riddaren, vars vrede var väckt, det är svårt att säga av vilken orsak. Är du min tjänare, så må du ock passa på din tjänst, du lilla spökelse!

Och därmed slog riddaren Sorgbarn så häftigt i ansiktet, att han föll till golvet.

Fru Helena gav sin hårde man en förebrående blick för denna grymhet; men Sorgbarn steg upp, avtorkade en fuktig glans ur ögonen och upptog ur sin livrock ett skinande smycke, som han med blossande kinder räckte riddaren.

Det var Mariabildens gyllene krona, för tio år sedan rövad ur klostret av det främmande folket. Riddaren igenkände henne och häpnade; fru Helena fattade kronan och utbrast i ett glädjerop. Den lille Erland, som satt bredvid sin fader, sträckte armarne efter henne, ty hennes glans fägnade hans ögon.

— Var har du funnit kronan? frågade riddaren.

— I skogen, svarade Sorgbarn.

— Har du funnit allt?

— Nej, men om tio dagar skall jag finna mer, och om hundra dagar har jag funnit allt; så talade min moder.

Riddaren teg och fortsatte sin måltid. Men fru Helena fattade Sorgbarns arm, lade sin kind till hans och sade halvhögt:

— Du lille pilgrim, förlåt herr Erland! Han vill dig icke illa, men han är häftig till lynnet.

Vid dessa ord brast Sorgbarn i gråt. Även den lille Erland började gråta. Barnens känsloliv är sällskapligt. Och han tyckte om Sorgbarn, ty Sorgbarn lekte stundom med honom och visade stort tålamod med hans nycker.

Då steg riddaren upp, slängde stolen utåt golvet, lämnade salen och gick till sin tornkammare.

Sorgbarn gick efter, ty hans tjänst bjöd detta. Men han fann dörren till tornkammaren låst; riddaren ville vara ensam. Då satte sig Sorgbarn vid dörren och väntade i långa timmar. Men först mot kvällen trädde riddaren ut. Han gick då till salen, talade föga med fru Helena, åt sin aftonmåltid och vände, följd av Sorgbarn (ty tjänsten bjöd ju honom detta), åter till sin sängkammare.

Dagern föll sparsamt in genom det trånga och dunkla fönstret. Riddaren synade ett gammalt svärd och teg. Det var så tyst, att sandens rinnande i timglaset förnams som en sakta röst, viskande om tröst och död.

— Fyll min bägare! bjöd äntligen riddar Erland.

Sorgbarn hällde litet aftonvin i pokalen och räckte den med darrande hand, med sänkta ögon, åt sin herre.

— Det smakade gott, sade riddaren och satte bägaren på bordet.

Erland gick till vila. Sorgbarn lade sig på sin matta. Då märkte han, att hans läger var mjukare än vanligt, och fann ett täcke dolt under mattan. Undrande på vem som gjort detta, ty ingen annan än riddaren och han själv hade ju varit i kammaren, släpade han undan täcket, ty hans värv krävde det vanliga hårda lägret.

Det såg riddar Erland men sade intet.

En stund förflöt, och endast sanduret hördes i tornkammaren. Då sade riddar Erland:

— Sorgbarn, jämka min huvudkudde.

Sorgbarn steg upp, uträttade befallningen och återvände till sin matta.

55

— Nu vilar jag gott, sade riddaren.
En halv timme förflöt. Sorgbarn trodde nu, att riddaren sov, och lät därför en suck frigöras ur sitt hjärta, viss, att den icke skulle uppfångas av sovande öron. Men han spratt till vid riddarens röst, som en stund därefter frågade:
— Sorgbarn, sover du?
— Nej.
Det var åter tyst. En timme förflöt. Det outtröttliga sanduret viskade, som alltid, om tröst och död. Sorgbarn lyssnade till viskningen och tyckte sig förstå henne. Då hördes åter riddarens röst:
— Sorgbarn, sover du?
Denna fråga ljöd så mild, att det ljöd en efterklang därav i Sorgbarns själ.
— Nej, svarade han och bet i sitt täcke för att kväva en suck.
— Sorgbarn, varför sover du icke? Barn pläga ju sova om natten! Är du ledsen, Sorgbarn? Ja, jag har varit hård emot dig, jag har misshandlat dig. Arme lille pilgrim, ensam i världen men älskad av Gud! Vill du förlåta mig?
Sorgbarn svarade med snyftningar.
— Sov nu! Sov gott, stackars barn! sade riddaren.

Grottan.

Icke litet fägnade det fru Helena att se det hastiga skifte, som timat i riddar Erlands sinnelag mot Sorgbarn. Tålamod och mildhet segra över vrede, tänkte fru Helena; dessutom hade det väl medverkat något till riddarens blidare uppförande, att Sorgbarn funnit den gyllene kronan, och uppenbarelsen således var sannfärdig. Så trodde åtminstone fru Helena.

Ja, riddar Erland visade alltifrån elvte dagen av den lille pilgrimens vistelse i slottet vänlighet emot honom. Detta verkade även på Sorgbarn, så att hans väsen var mer fritt och sig själv likt. I riddarens närvaro spelade han på sina glasbitar och sjöng, obekymrad om någon hörde honom eller ej. Han kände nu ingen bitterhet eller vad det kunde vara, som utpressat hans tysta tårar, då riddaren smekte sin son. Han såg herr Erland fritt i ögonen och smålog, när han framräckte bägaren. Men skogen besökte han dagligen på de timmar, när ej riddaren krävde hans tjänst, och Käck följde honom nästan alltid.

På tolvte dagen hände, att pater Henrik gick till slottet, dels för att se den lille pilgrimen, som han höll kär och betraktade med större vördnad, alltsedan den underbart återfunna kronan ånyo prydde den heliga jungfruns bild i klostret, dels ock för att meddela riddaren innehållet av ett brev, som anlänt från ett kloster uppemot norska gränsen.

Men då patern kom till slottet, fick han veta, att Sorgbarn länge varit i skogen. Däremot var riddar Erland nyss hemkommen, och pater Henrik gick då till honom.

Paterns anlete, annars på en gång lugnt och livligt i uttrycket, bar tydligt vittnesbörd om en tung och orolig sinnesstämning. De båda männen träffades i tornkammaren.

— En sorglig nyhet, sade patern, lade brevet på bordet och satte sig tungt i en länstol. Detta pergament är mig tillsänt från min broder Benediktus, prior i Gudtorps kloster, som ligger vid gränsen av Norge.

— Än sedan? frågade riddaren.

— Du spådde sant... jag fruktade det... Läs! Han nalkas oss med stora steg, Guds vredes dag, *dies iræ, dies illa*... Pesten är i landet och sprider sig hastigt. Miskunda dig, Gud! Vem undrar, om det starkaste hjärta nu vill bäva!

Riddar Erlands bleka kinder vordo blekare. Han fattade pergamentet, och hans blick föll på följande rader:

»Den hemske mandråparen lär kommit till norska staden Bergen med ett redlöst angliskt skepp, vars besättning var död, då skeppet drev in på redden. Han skonar varken hög eller låg, klerk eller lekman, rik eller fattig. I Nidaros är ärkebiskop Arne med hela domkapitlet slagen av honom. Han har vandrat från dal till dal och bortsopat allt levande, icke allena människor utan husdjuren, vilddjuren, ja fåglarne under himmelen. Nu är han här. *Parce, parce, cohibe flagellum, Domine Deus!* Mitt kloster är utdött. Jag är ensam kvar. Mina bröders lik ruttna utanför klosterporten; jag har ej kunnat jorda dem. Jag ser genom mitt fönster de ännu levande bland folket draga i procession kring kyrkan, åkallande Guds barmhärtighet. Medan tåget skrider, glesna dess leder, och hopen av döende och döda, som ligga däromkring, ökas. Själv ser jag stundligen på min lekamen, väntande att där skåda de svarta märken, som äro sjukdomens och dödens förebud. Jag vet, att jag skall dö. Gud vare min själ nådig! En man, som inbillar sig, att han skall få leva, om han lämnar dödens nejd, skall fortbära detta brev. Jag tvivlar, att det skall komma i din hand. *Pax tecum!*»

— Gud vare oss nådig! sade riddaren med djup röst. Detta brev är redan gammalt. Måhända är oss den store mandråparen helt nära. Svårt är att hava hustru och barn i sådana tider.

— Bäst är att ingenting jordiskt älska, sade patern, då förskräcker icke dödens port.

— Jag har sett pesten helt nära, fortfor riddaren. Jag har i de sydländska städerna vandrat bland likhögar, burit sjuka på min rygg, känt deras andedräkt blandas med min, och dock lever jag än.

— Vårt öde står i Guds hand... Med denna tanke lyfte patern den fasa, varmed olycksbudet först slagit honom, från sin själ och andades åter fritt.

— Ja, ni har rätt: vårt öde står i Guds hand. Fromme fader, vore Sorgbarn, min munskänk, här, skulle vi lätta våra hjärtan med en bägare gott vin. Dock, han infinner sig snart, ty han sköter sin tjänst noggrant.

Och riddaren skådade ut genom fönstret, ty hans hjärta, som grymt kämpat mot sin egen känsla, hade nu utan motstånd övergivit sig åt en sådan tillgivenhet för Sorgbarn, att det längtade efter honom var stund han var borta. Denna känsla var hemlighetsfull och oförklarlig. Visst voro Sorgbarns ögon speglar för Sorgbarns egen själ, men likväl förekom det riddaren, som om ur djupet av dessa ögon blickade två andra, i vilka han först med bävan, sedan med lugn igenkände en likhet med Singoallas...»först med bävan», ty minnet av Singoalla var för honom ett hedniskt minne, genom giftdryckens lekamliga och vidskepliga sagors andliga verkningar förenat med bilder av helgerån, svek, mord och trolldom; ty minnet av Singoalla var även förenat med hågkomsten av en ed, visserligen hednisk, men dock en ed, som riddaren brutit, och med minnet av en vedergällning, som denna ed skulle draga över hans huvud...»sedan med lugn», ty genom den lille pilgrimen likasom kristnades detta minne, och riddaren tyckte sig känna, att han med godhet mot Sorgbarn kunde försona, vad han ofrivilligt brutit mot Singoalla.

Men vi lämne riddaren och följe Sorgbarns väg i skogen! Så fort, att hans bleka kinder färgades av rodnad, hade Sorgbarn ilat bland granarna längs insjöns strand, till dess han kom till en sammangyttrad hop av branta klippor, väldiga delar av ett berg, som urtidens krafter söndersprängt, och vars stycken nu på villsamt sätt stodo lutande mot eller vältrade på varandra.

Sorgbarn inträngde i irrgångarne bland dessa klippor, klättrade än upp än ned och stod äntligen i en grotta, dit endast matt dager letade sig väg mellan hällar, slängda som tak över lutande granitblock. Käck hade följt gossen på hans bland ris och snår knappt skönjbara stig.

Grottan var bebodd. En mossbädd, klädd med skinn av skogens djur, följde de oregelbundna väggarna. En flat sten gjorde tjänst som bord i hålans mitt. På golvet lågo en båge, en bunt pilar och ett svärd, och där bredvid svedda grenar på en hög av kol och aska.

Två skepnader sutto i skymningen där inne, när Sorgbarn kom med Käck. Den ena var en man, mager, svartbrun och skumt blickande ur ihåliga ögon. Den andra var en kvinna, mörk och mager likasom mannen. Båda tego och stirrade framför sig. Onämneligt lidande suckade i varje drag av denna kvinnas anlete; trånande smärta hade tecknat linjerna av hennes gestalt. Men skönhet låg ännu, ett blekt, händöende skimmer, över denna bild av sorgen: en vemodig skönhet, påminnande om sin egen stundande förintelse.

— Sorgbarn är här, sade mannen, ty kvinnan hade icke hört ljuden av gossens steg, icke ens märkt, att Käck lagt sig på mossbädden bredvid henne, där han gäspade och sträckte sig alldeles hemmavant.

Kvinnan spratt till och såg upp. Sorgbarn hade lagt sina armar kring hennes hals, kysste henne på mun, ögon och panna, tryckte sin kind mot hennes och sade:

— Goda moder, jag bär ett glatt budskap till din själ.

Singoalla — ty denna kvinna var Singoalla — svarade då med livat anlete:

— Ett glatt budskap? Vill du giva mig en solstråle, du son av en grym fader? Sorgens barn, älskade, älskade, giv mig honom, men låt honom ej försvinna!

Singoalla fattade Sorgbarns hand och förde den över sin panna.

— Min fader hatar mig icke längre, sade Sorgbarn. — Det var detta budskap han ville framföra.

— Assim, ropade Singoalla till den mörke mannen, hör du? Erland hatar icke längre sin och Singoallas son!

— Jag hör, svarade mannen dovt. Kraften kan då verka. Låt den verka snart!

— Han hatar dig icke längre, upprepade Singoalla med gränslös förtjusning. Har han kallat dig son, anar han, att du är hans son? Säger han icke stundom, att du liknar Singoalla? Har han aldrig nämnt mitt namn till dig? Visst har han det!

— Nej.

Singoalla förde handen till pannan.

— Nej, sade hon saktare, jag borde veta det... Sorgbarn, är fru Helena mycket skön? Smeker riddaren ofta sin maka? Älskar han henne mycket?

— Ja, svarade Sorgbarn, och Singoalla vände bort sitt ansikte och dolde det mot den kalla klippan.

— Låt kraften verka! hördes Assims röst.

— Var icke ledsen, moder, bad Sorgbarn och förnyade sina smekningar, till dess Singoalla åter vände sitt ansikte till honom.

— Väl, utbrast Singoalla och steg upp. Kraften skall verka. Sorgbarn, du skall föra din fader till mig.

— Om Gud giver mig styrka.

— Du har henne, svarade modern, du har denna styrka, som Alako skänker sina utvalda. Du kan uträtta stora ting med den kraften. Du är son av söderns glöd och nordens köld. Du är son av trohet och svek, av hedning och kristen, av det ljusa och det mörka, av den första kärleken och den första ungdomsstyrkan. Stackars Sorgbarn! Varför är du här? Se, du är en riddares son, ett slott skulle vara din boning, sammet din dräkt och guldsporrar klinga vid dina steg. Men du är född till sorg, icke till glädje; din hands linjer, din pannas välvning, ådrornas väv i dina ögonlock bestämma dig till ve och suckande. Din kind är blek, som blomman, då hon växer i mörker. I sorg är du född till världen, en suckande barm har du diat, din moders kyss var salt av tårar. Sorgbarn, du skall föra din fader till mig; han har svurit mig trohet på Alakos bild; han är min; jag har rätt att utgjuta hans blod, att stänga hans himmel, om hans och din gud är min gud. Du skall föra honom till mig ännu denna natt, Sorgbarn. Han skall dragas till doms för sitt svek och sin grymhet. O, har han hjärta, skall han gråta över dina bleka kinder och rysa över din arma moders kval!

— Jag skall föra min fader till dig, men Assim får icke döda honom, sade Sorgbarn.

— Som din moder bjuder, sade Assim torrt och sparkade till svärdet, som låg på golvet. Jag har lovat vara din moders slav, fast min trohet är henne mindre dyrbar än din faders svek.

— Tyst! ropade Sorgbarn till Assim. Är du min moders slav, så må du tiga!

— Jag är en furstes son och hennes slav.

— Nu lämnar jag dig, moder. Riddaren väntar mig. I natt återvänder jag med min fader.

— Se där, sade Assim, på hallen ligga några frön, som jag plockat vid fullmåne. Lägg dem i riddarens bägare, då lyder han lättare din kraft.

Sorgbarn tvekade.

— Tag dem, sade Singoalla. Assim samlar även andra frön än giftiga.

Vid dessa ord nedslog Assim sina ögon. Sorgbarn tog de frön han samlat.

— Moder, sade Sorgbarn ängsligt, än ett ord! Har du haft en uppenbarelse, var jag nästa gång skall finna någon av de nedgrävda klosterklenoderna?

— Jag har haft en ny uppenbarelse och skall om åtta dagar visa dig stället, var du skall finna nattvardskalken.

Singoalla kysste Sorgbarn. Gossen lockade till sig Käck, som just höll på att somna, lämnade rummet och ilade genom skogen till slottet.

Då han var gången, sade Singoalla till Assim:

— Upp, tag spaden och nattvardsbägaren! Gräv ned honom under den lösa trädroten, som jag visade dig vid bäckens fall i insjön! Sorgbarns själ får ej smittas av lögn.

Assim vältrade undan en sten, som dolde en håla, vari de rövade klosterklenoderna voro samlade. Han tog nattvardskalken, lät det andra ligga, flyttade stenen åter över hålan, tog en spade och gick.

Med dessa rövade skatter hade Assim övergivit sitt folk, sedan han en tid varit dess hövding efter Singoallas fader, som fallit i en strid med folket på Jutlands sandkust. Under denna tid hade Singoalla följt Assim, och det hette, att de voro man och hustru; men de voro det icke, ty Assims kärlek föraktades av Singoalla, och han var hennes slav. Men Sorgbarn trodde, att det var en uppenbarelse från Gud, genom vilken den heliga kronan återfunnits i skogen.

Den hemliga kraften.

Sorgbarn återkom till slottet, medan priorn och riddaren ännu sutto i dystert samtal vid bordet i tornkammaren. Sorgbarn fyllde deras bägare, och priorn tömde sin med förtröstan, emedan den räcktes honom av en from pilgrim.

Efter måltiden återvände priorn till klostret. Varken han eller riddaren hade med fru Helena eller husfolket talat om det hemska budskap, som kommit från gränsen av Norge, ty de ville icke i förtid skrämma någon.

Följd av Sorgbarn gick riddar Erland till tornkammaren för att njuta nattens vila. Sorgbarns hjärta skälvde, ty han hade i riddarens dryck blandat Assims hemlighetsfulla frön; hans hjärta skälvde, ty han skulle denna natt medels det, som Assim och Singoalla kallat den hemliga kraften, föra sin fader till sin moder. Denna kraft är i våra dagar allmänt känd och likväl ännu en icke avslöjad gåta. Vår tids *doctores*, som utrannsaka nervtrådarnes mikroskopiska förlängning, veta lagarne för världsklotens rörelser i den oändliga rymden och för vattendroppens i det hårfina röret, hava dock ännu icke fullkomligt utrannsakat denna krafts hemligheter.

Men innan Mesmer uppdagade henne, var hon som tillvarande känd och använd av Indiens braminer och av folket från Assaria. Men folket från Assaria forskade icke; det använde kraften helt enkelt och lät henne vara vad hon var och vad hon är: en gåta.

Sorgbarn var i högt mått begåvad med den hemliga kraften; det hade hans moder rönt. Då hennes hjärta slets av kval och sömnen flydde hennes läger, plägade Sorgbarn stryka över hennes ansikte med sina händer, och sömnen kom, och hjärtat vaggades till några timmars ro.

Nu sover riddaren: det höres av hans andedrag. Sanduret viskar. Stjärnorna blicka in genom tornfönstret. Sorgbarn stiger upp från sin matta och smyger med ljudlösa steg till Erlands säng. Den lilles hjärta är i våldsam rörelse. Hans händer lyftas tvekande. De sväva som skuggor över riddarens panna ned mot hans bröst. Sanduret viskar alltjämt. Stjärnorna blicka genom tornfönstret. Det är tyst; även riddarens andedrag hava tystnat. Han vilar i sängen lik en död, och stjärnljuset darrar på hans bleka panna. Som skuggor sväva Sorgbarns händer över riddarens ansikte; de sväva över hans ansikte som tysta skuggor. Då reser sig riddaren upp. Sorgbarn far tillbaka, uppgiver ett halvkvävt rop och kastar sig på knä. Riddarens ögon äro lyckta.

— Herr Erland, viskar Sorgbarn, jag ville dig icke illa. Vredgas ej! Riddaren svarade ej.

Då märkte Sorgbarn, att kraften verkat. Han steg upp och sade lugnt:

— Riddare, du skall lämna bädden och följa mig!
— Vart vill du föra mig, Sorgbarn?
— Du skall snart få veta det.

Riddaren klädde sig. Sorgbarn fattade hans hand.

De stego nedför torntrappan och kommo genom en bakport till stranden, där riddarens fiskarbåtar lågo. I den minsta av båtarne rodde honom Sorgbarn över sundet med så tysta årtag, att väktaren svårligen kunde höra det, fattade så hans hand och förde honom in i skogen.

Den hemliga kraften verkade så, att riddarens vilja, så stark och oböjlig hon annars var, fogade sig efter gossens, ja, sammansmälte med denna till en. Riddarens själ såg in i Sorgbarns, såsom den trogne tjänaren ser i sin herres ögon vad han vill, tänker och känner. Snart skulle den hemliga kraften verka än djupare. Som i det växande trädet årsringarne bilda sig kring kärnan och torka, i den mån nya sådana lägga sig omkring de gamla, så växa omkring det mänskliga väsendets kärna årsringar av lidelser, känslor och tankar, som var efter den andra fornas, medan nya lidelser, känslor och tankar lägga sig utomkring de vissnade och saftlösa. Men själens äldsta årsringar äro dock de, som ligga närmast hennes kärna; därför äro barndomens minnen så ljuva: de äro närmast andens hjärta. Medan nu gossen förde Erland mellan skogens stammar, trängde den hemliga kraften allt djupare in i hans väsen, från årsring till årsring; och allteftersom hon inträngde, livades på nytt de vissnade och förgätna lidelserna, svällde de åter av save ur minnets rot. Erland vart densamme han var för tio år tillbaka, då han plockade blommor vid bäckens rand med den bruna flickan. Skuggan, som dvalts i hans själs avgrund, steg upp i känslans ljusaste dager; ungdomskärlekens känsla, den ljuvaste, den som annars aldrig återvänder, ilade genom hans varelse, och han tänkte, han kände Singoalla.

— Sorgbarn, sade riddaren, då de hunnit ett stycke in i skogen, låt oss sitta ned och vila. Natten är så skön. Ser du stjärnan, som glänser där uppe över ekens topp? Jag älskar dig som en son, som om du vore min lille Erland; ja, jag älskar dig mer, bleka barn, och jag ser i din själ, att du älskar mig. Det är så skönt, så friskt i natten. Vart för du mig, Sorgbarn? Jag följer dig till världens ände.

— Jag för dig till min moder.
— Bor din moder i skogen?

— Ja.
— O, att du vore min son! Är du icke min son?
— Jag är din son, svarade Sorgbarn, häpen, rörd och förvirrad över dessa ljuva ord.
— Vem är din moder? Är det Singoalla... Singoalla... Singoalla? Klangen i hans stämma vart mildare och mildare.
— Ja, min moder är Singoalla.
— O Gud! sade riddaren, och tårar sipprade ur hans halvslutna ögon, jag är så lycklig. Älskade son, vi igenkände jag dig icke genast? Du har varit främling i din faders hus, du har lidit mycket av hans orättvisa vrede. Jag ser dock i din själ, att du icke hatar mig; nej, du älskar mig och är säll av mina ord. Kom, Sorgbarn, jag vill gå till din moder.

De fortsatte vandringen. Sorgbarn ryste i natten... ryste av sällhet, ty så kan även ske, då sällheten kommer, som en flod av solljus inströmmar i ögon, som, förut blinda, brådöppnats... ryste av en hemsk känsla, ty riddaren var så blek, så förändrad, hans röst så andelik. Det var som ett bländverk, som om en främmande själ talat ur hans mun.

De stannade framför klippbrottet. Sorgbarn fattade sin faders hand och förde honom in i labyrinten. Ett eldsken lyste, det försvann igen, ty en klippvägg skymde det, men snart visade det sig åter. Det kom från grottan.

— O, jag darrar, mumlade riddaren. Bor min själs älskade i dessa klippor?

Ljuden av riddarens och pilgrimens steg genljödo och förebådade den ensliga bostadens invånare deras ankomst. Singoalla satt på mossbädden, eldskenet flämtade på de fuktiga klippväggarna och spred en bedräglig rodnad över hennes kinder. Även Assim satt på sin förra plats, med korslagda armar. Han hade nyss slipat svärdet mot en berghäll; nu hängde det blottat i hans bälte.

— Hör, viskade Singoalla, som alltifrån skymningens inbrott lyssnat och väntat, väntat och lyssnat, hör! De komma. Assim, gå då! — Assim steg upp.

— Jag stannar i skuggan, sade han. Om du vill, att han skall dö, så rör i elden; det är tecknet. Mitt svärd är skarpt, min hand säker, ett oväntat hugg skall fälla den vilda isbjörnen.

— Gå, gå! viskade Singoalla. Assim försvann.

I nästa ögonblick inträdde riddaren och Sorgbarn. Singoalla stod framför Erland. Hon betraktade honom... Vem kan skildra en blick som denna? En levnad med alla dess öden, fröjder och sorger, med hela dess rika skatt av lidelser och känslor kan sammandraga sig i en blick, såsom linsen samlar solens alla strålar i en brännpunkt. Det förflutna, närvarande och kommande kunna sammansmälta i en blick. De sammansmälte i Singoallas till en enda fråga, stolt och förkrossande och

63

dock bävande.

Det var en fråga om hågkomst eller förgätenhet, om kärlek eller hat, om tårar eller blod. På sina halvslutna ögonlock förnam riddaren en brännande känsla av denna blickande fråga.

— Singoalla! hördes Erlands röst.

Den ton, vari detta ord klang, svarade på allt vad Singoallas själ frågat. Han kom med hågkomst, kärlek och bön om förlåtelse. Huru kunde hon då krossa honom med ord om mened, hämnd och död? Singoallas huvud sjönk ned mot hennes barm, hennes pannas vemod dolde sig i de magra, genomskinliga händerna.

— Singoalla, upprepade Erland, och tårar framträngde under hans ögonfransar.

Singoalla svarade ej; hon stod likt en bildstod, men hennes barm och suckar förrådde liv.

Riddaren lyfte Sorgbarn i sin famn och gick ett steg mot Singoalla. Deras huvuden lutades mot varandra: Erlands bruna lockar blandade sig, som fordom, med de svarta böljor, som svallade kring Singoallas panna.

Det är tyst i grottan. Var äro nu kvalen, vreden, de bittra minnena, som bodde där inne, de hemska suckar, som genljödo där, de vilda rop, som gåvo sig luft ur Singoallas bröst, då hennes förtvivlans börda vart henne odräglig? Nu hördes endast sakta snyftningar. Erland lägger sin arm kring Singoallas liv och viskar — hon hör icke vad, men det ljuder, som när en vindfläkt vaggar sig till ro i björkens krona.

Men utanför grottan glimma Assims ögon. Han skär tänderna av smärta. Han vill Singoallas lycka, men för honom, den förskjutne, att *se* denna lycka! Bättre vore det för honom att dö i eld.

Singoalla för sin hand över Erlands ansikte; hon frågar viskande, med tårfyllda ögon, ömma, underliga frågor:

— Vi är du så blek, Erland? Varför vissnade dina kinders rosor? Vart flydde din ungdom? Jag drömde, att du ännu var sjutton år. Erland, har du lidit?

— Var har du varit så länge, Singoalla? frågade Erland tillbaka. Minns du vår lyckas hem, där granen susade, där bäcken sorlade? Ack, granen susar än, bäcken sorlar än. Det förflutna har återvänt, vi äro åter unga. Kom, Singoalla, låt oss leka och plocka blommor vid bäckens rand! Mötestiden är ju inne; himmelens stjärnor blinka! Ser du dem icke?

Erland fattade Singoallas hand och förde henne ur grottan. Knappt tänkande, endast saligt kännande, följde honom Singoalla. Hon vandrade med sänkt panna i svärmisk dröm vid sin riddares sida. Hon såg ej stjärnorna, ej träden, mellan vilka hon skred. O, slute aldrig denna sällhet! Låt dem leka vid bäcken och dö, innan morgonen kommer med sin kalla dager och sin grymma verklighet! Natten, drömmen, svärmeriet, de flämtande skuggorna, de blinkande stjärnorna, det obestämda, obegränsade och sammanflödande, de ljuva villor, som födas i det dunklas sköte, o, vad är solen med sitt gyllene sken, dagen med sina klara föremål, sina kalla sanningar mot detta!

Sorgbarn följde fader och moder. Den lilles ansikte glänste. En okänd makt rörde sig i hans barm och tvang honom sjunga. Sången ljöd, som vore han endast för andarne, som sväva genom natten.

De kommo till kullen vid bäcken; han var ej långt från grottan. Erland och Singoalla satte sig vid kullens fot på gräsmattan, där de fordom suttit; men leka, men plocka blommor kunde de ej; domnande vilade de mot varandras skuldror; de kunde ej tala, endast sucka och känna varandras närvaro, halvt vakande, halvt drömmande.

Men Sorgbarn satte sig vid bäckens rand, skådade stjärnorna, som speglade sig däri, och sjöng för dem.

Så skredo stunderna, och stjärnorna, den ena efter den andra, slocknade i västerns töcken. Grå dimma blandade sig med mörkret; marken fuktades av arladagg.

Då gick Sorgbarn till sin fader, lade sin hand på hans skuldra och sade till honom:

— Natten lider. Stig upp och följ mig!

Riddaren vaknade smärtsamt ur sin halvslummer; hans vilja var underdånig Sorgbarns; han måste lyda.

Detta gjorde Sorgbarn, ty det var redan långt förbi midnatt, och den hemliga kraften, genom vilken Sorgbarns själ rådde över riddarens, började slappas. Det kände gossen av kyla och matthet i sina lemmar.

— Moder, sade han till Singoalla, kom! Jag är matt och fryser. Vi måste skynda.

— Säg farväl, o moder. Vi måste skynda, upprepade Sorgbarn ängsligt.

Singoalla steg upp.

— Farväl, viskade hon till riddaren.

— Nej, nej, sade riddar Erland, här skola vi stanna evigt.

— Vi träffas åter. Farväl!

— Fly, moder! Stanna ej! bad Sorgbarn.

— Kom, sade gossen, du skall följa mig, fader.

Och Sorgbarn fattade hans hand, och han måste följa. Med skyndsamma steg återvände de till slottet, rodde över sundet, gingo uppför torntrappan och inträdde i kammaren.

— Tag av dina kläder och sov! befallde Sorgbarn. Riddaren lydde. Sorgbarn svepte sig i sitt täcke, lade sig på sin matta och somnade genast.

Sanduret viskar, de bleknande stjärnorna blicka in i tornkammaren, riddaren sover i sin säng, pilgrimen på sin matta.

En timme därefter börjar dagningen. Fåglarne stämma upp sin

sång; tjänarne på slottet vakna; från skogen ljuder redan den idoge nyodlarens yxa.

Dag och natt.

Riddaren vaknade tung i huvudet. Även Sorgbarn vaknade strax därefter, matt men med en efterklang av nattens lycka i sin själ. Fader! var han nära att säga till herr Erland, ty han ihågkom väl de ord av faderskärlek, riddaren talat under natten; men ordet fader dog på gossens läppar, när han såg upp och skådade det dystra uttrycket i riddarens anlete.

— Förbannelse, mumlade riddaren. Jag har drömt en ryslig dröm denna natt. Onda andar hava plågat mig. En sådan bar ock dina anletsdrag, du Sorgbarn.

Herr Erland klädde sig skyndsamt och ilade ut att förfriskas av morgonvinden. Hela dagen var han dyster. Han talade föga till sin fru, Helena, till Sorgbarn än mindre, smekte ej sin lille son men bannade dess mer gårdens tjänare.

Mot aftonen red herr Erland ut. Sorgbarn skyndade in i skogen till grottan. Singoalla satt där med strålande ansikte, ännu rusad av nattens minnen. Assim kokade mat i en kittel över elden och sade intet.

Singoalla slöt Sorgbarn i famn, höljde honom med kyssar och frågade efter hans fader.

— Min fader! svarade Sorgbarn. Ack, jag vågar i dag icke kalla honom fader. Han är vred och säger, att han drömt en ryslig dröm i natt.

— Sade han en *ryslig* dröm? frågade Singoalla eftersinnande.

— Ja.

— Det är omöjligt. Han älskar mig. Våra fäder ha sagt, att när den hemliga kraften verkar, då visar sig människan sådan hon är i sitt inre. Ja, han älskar mig innerst i sitt hjärta. O, denna natt, denna sälla natt! Sorgbarn, du skall i kväll åter föra min riddare till mig. Men dessförinnan vill jag visa mig för honom för att övertyga dig, att han älskar mig alltid. Kom, Sorgbarn, jag går till slottet.

— Moder, ropade Sorgbarn, du gör dig olycklig. Kom ihåg riddarens maka, fru Helena!

— Hon! inföll Singoalla med blixtrande ögon. Jag är riddarens första och enda maka, så sant en Gud lever i himmelen. Han älskar henne icke; han kan det icke. Såg du ej, hörde du ej under denna natt? Mig, mig ensam älskar hans själ. Jag går till honom.

Gagnlösa voro Sorgbarns föreställningar. Hon gick. Sorgbarn följde henne gråtande och bedjande. Hon gick, ty ett tvivel, som hon ville vederlägga, en svartsjuka, som hon förgäves hånade, hade vaknat i hennes sinne. Assim tog sin båge på axeln och följde henne men på avstånd.

Efter en stunds vandring kom Singoalla, följd av Sorgbarn, till en sakta sluttande höjd, över vilken hennes väg låg. Hunnen upp stannade hon, ty hon såg riddaren till häst där nedanför. Hans ansikte var mörkt och skräckinjagande. Hans häst var höljd av skum. En båge hängde på hans sadelknapp.

Även han upptäckte henne; han stannade, förde handen över ögonen, såg och ropade:

— Förbannade spökelse! Hedniska troll! Förföljer du mig även vid dagsljus?

Och han ryckte till sig bågen, spände honom, lade en pil till strängen och sköt.

Men Singoalla hade redan försvunnit. Assim hade störtat fram, ryckt henne med sig och fört henne ur sikte. Därefter spände Assim sin båge och ilade tillbaka för att gälda skottet, men då var riddaren redan borta.

När Assim återvände, satt Singoalla på den gröna mossan och stirrade framför sig. Sorgbarn satt bredvid henne, tyst, men önskade att få dö.

— Singoalla, sade Assim och böjde sig över henne. Vill du ej, att jag skall döda Erland? Jag har en giftig pil i mitt koger och riktar väl.

— Jag har rättighet att taga hans blod. Döda honom! sade Singoalla.

Assim gick. Hans ögon lyste av fröjd. Även för honom fanns ett hopp.

Men hans fröjd var kort. Singoalla ropade honom tillbaka. Han kom.

— Nej, Assim! Icke än, Assim! sade Singoalla. Nej, icke än! upprepade hon, och förde ett finger eftertänkande till sin panna. Sorgbarn skall i kväll föra den förrädaren till mig. Jag skall då döma honom, och varder domen döden, skall du, Assim, döda honom...

— Ha! tillade hon och reste sig stolt, den ljuslockiga kvinnan, hans blåögda Helena, äger honom om dagen; men min, min är han om natten, ty han är slav av min Sorgbarns kraft. Farväl, Sorgbarn! Jag väntar dig och honom i natt. I natt står domen.

Kvällens timmar voro långa för Singoalla, där hon vid stockelden i grottan väntade på domens stund. Sorgbarn, mina ögons lust, din kraft skall icke svika... så talade hon till sig själv. — Slipa... så talade hon till Assim, som oförtrutet, med vansinnigt lugn, brynte sitt svärd mot klipphällen.

Men Sorgbarn, huru långa voro ej timmarne även för honom! Hur hemsk den stund, då riddaren åter dukade under för hans kraft! Hur ryslig hans nattliga vandring i skogen vid sin faders sida!

— Sorgbarn, min son...

Så ljöd det åter från riddarens mun. Men nu ryste Sorgbarn vid dessa ord. De voro icke hans faders, de voro en gäckande andes, som talade med hans faders tunga.

— Sorgbarn! Du vet ej, hur jag älskar dig, sade riddaren under den nattliga vandringen.

— Nej, släpp min hand! Du må icke röra mig. Jag vill icke vara din son.

Natten är mörk, moln segla under himmelen... och du, Sorgbarn, talar ord, som isa mitt blod. Ser du molnen på himmelen, min egen Sorgbarn?

— Ja, det börjar regna. Skynda dig! Jag skall föra dig till min arma, olyckliga moder.

Regnet kom i strida strömmar. Det rasslade i skogen; ingen stjärna lyste den ensliga stigen. Nattfåglarne skreko i klyftorna. Och vid den lille gossens sida gick en blek vålnad med halvslutna ögon.

De kommo till klippbrottet. Sorgbarn stannade, och en ny rysning ilade genom hans lemmar. Han tänkte på Assims svärd, på domen, som väntade. Ja, han stannade och önskade sig döden.

— Sorgbarn, sade riddaren. Giv mig din hand. Du för ju mig till Singoalla. Elake Sorgbarn, jag skall klaga för din moder, att du talat grymma ord till din fader.

Så hotade riddaren med smekande röst. Men Sorgbarn grät.

— Varför gråter du? Varför vredgas du på mig? Kom, Sorgbarn! Giv dig till freds! Jag skall icke klaga på dig hos Singoalla.

Och riddaren ville gå in bland klipporna.

Men Sorgbarns vilja höll honom tillbaka. Gossen utbrast häftigt:

— Nej, stanna! Rädes du icke, herr Erland?

— Vinden blåser i skogen, men vem är rädd för vind och mörker? svarade riddaren. Du är barnslig, gosse.

— Hör du icke, vad vinden säger dig? Det är en sorglig saga, och du borde rädas.

— Vad säger vinden? Förtälj hans saga! Jag lyssnar gärna, om du avtorkar dina tårar och är glad.

Medan riddaren talade så, lutade han sig mot en häll, smålog och höjde sin panna mot den mörka himmelen. Ur klippbrottet skymtade, en skugga.

— Vinden säger: »Min moder födde mig en natt på kyrkogården. Hon sökte där sin makes grav, men han var icke död.»

— Hörde du vinden säga detta, underlige gosse? Vad säger han då nu?

— Vinden säger: »Min fader var en riddare, som färdades vida, ostadig i sinnet och trolös.»

— Då liknar ju vinden sin fader.

—»Min moder sökte honom och vandrade från land till land men fann honom icke. Själv trodde hon sig älskad och sökt av honom. Hon trodde honom mycket olycklig, och hon grät över honom; hennes tårar föllo som dagg på ängen, som regn på bergen.»

— Sade vinden detta? Men vad säger han nu? Nu höres hans röst omild i skogen.

— Vinden säger:»Min fader var icke olycklig, ty han hade glömt min moder och sökte henne icke. Han älskade en annan, som kom från norden.»

— Vinden har en trolös fader, sade riddaren. Men hör, hur det klagar i skogen! Det är åter vindens röst. Vad säger han nu?

— Vinden säger:»Jag är ammad vid ett suckande bröst; jag vyssades med klagosånger. Min moder är mycket olycklig.»

Riddaren sänkte sin panna och lade armarne över bröstet.

— Sorgbarn, sade han, du som förstår vindens språk, vad förkunnar han nu, ty nu ropar han, nu vredgas han, och trädens kronor skälva.

Skuggan flyttade sig närmare intill de samtalande.

Sorgbarn svarade:

— Vinden säger:»Min fader ville i dag döda min moder; han sköt en pil mot hennes bröst, men hon flydde. Varför hatar du min moder? Vad har hon brutit mot dig? Svara mig, riddare!»

Riddaren sänkte huvudet mot sitt bröst och frågade:

— Sorgbarn, sade din moder, att det var natt, då du föddes? Sade hon, att hon framfödde dig bland de dödas grifter, medan hon sökte din faders grav?

— Ja.

— Töcknet skingrar sig, och jag skådar in i tvenne världar. Jag minnes nu, vem jag är, då solen skiner på himmelen. Jag är vansinnig om dagen, Sorgbarn. Jag ville döda din moder. Jag hatar din moder om dagen, ty då är jag vansinnig. Vill ej din moder döda mig för min trolöshet, min grymhet, för alla de kval jag tillskyndat henne? Sorgbarn, fråga din moder, om hon vill taga mitt blod. Det är hennes rätt.

Men Sorgbarn svarade:

— Hör du, hur vinden klagar:»Kan jag föra min fader till döden?»

Och Sorgbarn, som ryste för Assims svärd, fattade riddarens hand för att fly med honom tillbaka till slottet.

Då framträdde den lyssnande skuggan ur sin skymning.

— Fly, viskade hon till Sorgbarn, ty Assim rasar och vädrar blod. Han lurar vid grottans ingång. Jag har väckt men kan ej söva hans vrede.

Riddaren igenkände den viskandes röst, vände sig om och ville

fatta i hennes klänning.
 Men hon upprepade ängsligt: — Fly, Sorgbarn! Assim hör oss! Sorgbarn skyndade framåt, och riddaren måste följa, fastän hans själ våndades.
 Men även Singoalla — ty det var hon, som skymtat lik en skugga — följde Sorgbarn, och när de hunnit ett stycke från det farliga klippblocket, där döden lurade, bad hon honom stanna.
 Riddaren sjönk till Singoallas fötter och omfamnade hennes knän. Singoalla lutade sig över honom och strök hans lockar.
 — Erland, sade hon, vi se varandra nu för sista gången på jorden. Farväl, min älskade!
 — Får jag dö?
 — Nej, svarade Singoalla. Jag ämnade väl i afton döda dig, men då var jag svart i min själ av vrede och förtvivlan. Nu skall du leva, Erland, för din maka och din son. Du älskar ju Helena, och hon älskar dig... och din lille son, säg, är han mer lik dig eller din blåögda Helena? Jag ville gärna smeka din lille son.
 — Tyst! utbrast riddar Erland. Tala icke om Helena! Om dagen, då mina sinnen äro förvirrade, förliker jag mig väl med denna kvinna; men du, Singoalla, är min enda verkliga kärlek, likasom du är min första och rätta maka.
 — Bedrag mig icke, sade Singoalla bedjande, tala icke så, att jag än en gäng omfattar förhoppningar, som sedan svikas och efterlämna vrede och förtvivlan! Villades jag ej av dina ord, då Sorgbarn första gången förde dig till mig? Jag trodde, att du älskade mig alltid, och att det var din sällhet att skåda mig. Då beslöt jag uppsöka dig. Men du ryste vid min åsyn och vredgades och ville döda mig. Erland, du hatar mig om dagen; älska mig kan du endast om natten, då Sorgbarns hemliga kraft slagit din vilja i bojor.
 — Det ligger sanning i dina ord, men det är icke hela sanningen, ty nu skådar jag klart, sade riddaren. Jag är ej densamme om dagen och nu, då jag är hos dig. Om dagen är jag olycklig och vansinnig; ja, vansinnig. Du minnes väl Assim och din fader? Det onda *de* gjort mig överflyttade min förvirrade själ på dig. För min sjuka tanke vart du en outplånlig skräckbild, och själva ditt namn, det ljuva Singoalla, ljöd för mig med hemsk klang. Då kom en flicka, som var min barndomsvän och min vårdarinna, när jag låg sjuk. Jag trodde mig älska henne; men den kvinna jag älskade var alltid du, min maka; det var du, som bar en mask, lik Helenas anlete. Ja, jag älskade aldrig Helena, utan dig som Helena; det känner jag nu. Singoalla, vill du icke döda mig för rättvisans skull, för min brutna ed och de kval jag förorsakat dig, så döda mig för min egen skull, ty jag ryser för morgondagen. Jag vill icke vakna till vansinne och till hat mot dig, som är min själs hjärta.

Singoalla svarade:

— Din mened är dig tillgiven; för den skall du icke dö. Ej heller skola dina ord förleda mig tro, att du icke älskar Helena, åtminstone om dagen, när du är vansinnig. Vad gör det att du är vansinnig, Erland, om du är lycklig? Se, jag kom till denna nejd och sände dig min son, att han skulle kuva din själ genom saktmod, ty på en ovänlig själ verkar ej den hemliga kraften, och sedan föra dig till mig. Jag valde min bostad i grottan där borta och väntade dig i elva dagar. Jag ville se och tala med dig än en gång före min död, ty jag känner, att jag snart skall dö. Det var det vederlag jag krävde av Gud för alla de sorger jag utstått, och detta vederlag har den barmhärtige Guden givit mig. Vad vill jag mer för mig själv? Svårare är att tänka på Sorgbarn, ty vad skall varda av honom, när jag är död? Om dagen, då din själ är fientlig, är han ju icke mer din son! Men Gud skall skydda Sorgbarn, om han bevarar sin själ snövit, och Sorgbarn skall dessutom icke leva länge. Det har jag sett i ditt ödes linjer, älskade, bleke gosse!... Nej, Erland, nu skola vi skiljas för alltid. I morgon, då du vaknar, så minnes du mig som en svår dröm, vars intryck bortföres med dagens vind. Singoallas bild skall sedan icke störa dina tankar, hennes namn aldrig ljuda i ditt öra; hon är för dig försvunnen, som om hon aldrig varit. Men skulle hon likväl återkomma i din själ, någon gång, i en enslig stund, så minns henne icke som en hämnande, hednisk, ej heller som en sörjande kvinna, utan minns henne som den förlåtande, som glädjes åt den natt av kärlek, du skänkte henne i grottan och vid bäckens rand! Din levnad skall med Helenas flyta som en lugn älv genom gröna ängar, under svalkande skuggor. Din Erland skall växa upp och vara din ålders glädje. Ditt hus skall länge äga bestånd och din Guds välsignelse vila däröver.

— Farväl, Erland! fortfor hon. Farväl, gosse vid bäcken! Farväl, min första och enda kärlek! Farväl, min lycka och olycka! Välsignad vare du, min make! Välsignad du, min fröjd, mitt solljus, min ande, mitt allt!

Och Singoalla tryckte den kyss, hon tänkte den sista, på Erlands läppar och ilade bort.

Utöver Erlands kinder strömmade tårar; han vred sina händer och ropade hennes namn; men hon var borta, och Sorgbarns kraft fängslade Erland vid stället.

Då utbrast Erland i sådana verop, att det skar genom Sorgbarns märg. Den lille darrade och kände sin kraft minskas, sin vilja slappas, sitt hjärta smälta.

— Sorgbarn, ropade riddaren, jag krossar dig, om du icke svär vid Gud att nästa natt, varje natt återföra mig till Singoalla!

— Jag svär, suckade Sorgbarn, nästan medvetslös.

— Fort! Återvändom då till slottet, innan jag vaknar! Jag känner, att din kraft minskas, att jag snart skall vakna. Skynda dig! Vi äro annars förlorade.

Sorgbarn gick med snabba steg. Erland följde honom. En knapp fjärdedels timme därefter vilade riddaren i sin säng och pilgrimen på sin matta.

Men Assim lurade förgäves på sitt rov, där han stod i klippbrottet med det skarpslipade svärdet i hand. När Singoalla återkom till grottan, sade hon endast: — Riddaren kommer icke. — Assim slog då svärdet i klippan, så att det brast vid fästet, ilade så till stranden och roade sig hela natten med att härma nattfåglarne och rulla stenar nedför klipporna i sjön.

Den sista nattvandringen.

Sorgbarn höll sin ed.

Och Singoalla — hon som redan försonat sig med tanken på evig skilsmässa och död — ack, hon glömde snart sitt beslut, då riddaren återvände följande natt vid Sorgbarns hand och anropade henne att stanna. Han sade sig vara vansinnets och Helenas om dagen; han ville vara sällhetens och Singoallas om natten. Han kallade henne maka och bad henne hålla den ed, hon svurit på Alakos bild, om ock han själv av onda makter drivits att bryta sin. Huru ljuva voro ej hans smekningar för den arma, vars allt han varit från hennes första ungdomsår! Huru sköna voro ej dessa nätter, genombävade av det lönliga, då de viskade med varandra i grottan eller i oändlig trånad sutto, hand i hand, på bäckens strand! Singoalla kunde icke motstå; hon stannade och framlevde timmarne i svärmiska drömmar.

På tjugonde dagen efter pilgrimens ankomst till Ekö slott återvände han ur skogen med nattvardsbägaren i hand. Den överlämnades åt priorn, och alla förundrade sig över uppenbarelsens sanning och botgöringens kraft.

Men med riddar Erland timade en förändring, med varje dag tydligare. Hade han förut stundtals varit dyster, så var han det nu hela dagen, från morgonen till natten. Han magrade förfärligt; hans ögon voro insjunkna, hans kinder tomma, varje dag plöjde en fåra i hans panna, varje timme göt olja på den hemska elden i hans blick. Tjänarne darrade, när han nalkades, fru Helena vågade icke mer fråga, vad som tärde honom, ty han tycktes likasom ana, när en sådan fråga svävade på hennes läppar, och avlägsnade sig då ur hennes grannskap. Han var kall för sin makas sorgsna blickar, skydde hennes smekningar och hade icke ögon för sin lille son. Sällan talade han ett ord till någon.

Fru Helena yppade för priorn sitt bekymmer över herr Erlands tillstånd och rådslog med honom om vad som borde göras till hans räddning, ty ögonskenligt var, att detta svårmod förde honom med

brådskande steg mot graven. Priorn beslöt tala öppet med riddaren och
ålägga honom en fullständig bikt.

— Vilar en synd på din själ, min son? Eller vad är det, som gör
dig förtvivlande? Ruva icke på din smärta! Ur henne torde annars
komma lekamlig och evig död! Fly i Guds och kyrkans sköte! Se, hon
står ju villig att taga din skuld och din sorg på sina axlar!

Så talade priorn till riddaren. Men denne svarade: — Förfölj mig
icke med sådana ord, fromme fader! Säg det än en gång, och jag lämnar
er och flyr till andra bygder! Låt mig vara! När tid bliver, skall jag bikta.

En annan gång, då riddaren syntes något lugnare till sinnes,
yttrade han till priorn: — Min själ är full av sönderslagna bilder. Jag
mödar mig att åter sammansätta dem; därför grubblar jag nu så mycket.
När tavlan är färdig, då ser jag vad jag vill se; då vet jag vad jag vill veta.
Först då kan jag bikta, ty icke kan man bikta det okända.

Under dessa dagar betjänade Sorgbarn, som vanligt, herr Erland.
Men fristunder hade Sorgbarn numera inga, ty riddaren ville knappt
förlora honom ur sikte. Bittra stunder hade Sorgbarn dess flera.
Riddarens ögon fäste nästan ständigt på gossen en blick, vari
tillbakahållet hot, fruktan och vild misstanke lågade. Han bevakade varje
Sorgbarns ord, varje hans rörelse. När de voro ensamma, hände, att han
steg upp, kramade Sorgbarns armar och lyfte honom från golvet för att
slunga honom tillbaka mot dess stenar. Men han sansade sig, och allt
slutade därmed, att de blå märkena på Sorgbarns armar voro flera.

Även Sorgbarn led mycket. Hans kinder voro, om möjligt, blekare
än förr, hans kropp var nästan en skugga. Men han uthärdade tåligt
riddarens misshandlingar, räknade dagens timmar och tänkte med fröjd
på natten, när detta hemska ansikte åter skulle varda vänligt, dessa vilda
blickar blida och denna stumma mun kalla honom son och slösa med
försäkringar om kärlek. Natten var Sorgbarns dag, och dagen var hans
natt. Om dagen satt hans moder ensam med den tyste Assim i skogen;
om dagen voro hans fader och han själv olyckliga; men natten kom med
berusande sällhet åt dem alla.

Med riddaren gick det därhän, att han föll i en feber, varunder
han en gång rusade upp ur sängen och var nära att genomstinga
Sorgbarn med sitt svärd. Gossen räddades av priorn och en annan munk,
som vakade vid den sjukes säng. Riddaren talade under feberyran mycket
om en grotta och om en kulle, på vilken en gran växer; han kallade
Sorgbarn stundom son, stundom en liten djävul. I få ord: hans feber var
svår och hans hjärna uppfylld av förvirrade bilder.

Under dessa dagar väntade Singoalla förgäves sin riddare; men
Sorgbarn besökte sin moder ofta.

Då herr Erland åter var frisk, beslöt han bikta. Priorn
förskräcktes icke litet, när riddaren yppade, att han var besatt av två

djävlar: den ene uppenbarade sig för honom lik en kvinna; den andre hade antagit Sorgbarns skepnad, utan tvivel för att därigenom håna pilgrimen och hans fromma värv.

Pater Henrik kallade riddaren i hemlighet till klosterkapellet och besvor de onda makterna att vika. Riddaren kände sig lättad och trodde sig vara fri.

Men följande dygn hade det onda återvänt. Då riddaren vaknade om morgonen, påminde han sig, att han hela natten varit plågad av de bägge avgrundsandarne.

Icke lång tid därefter hände en natt, att herr Erland vaknade ej i sin säng utan i skogen. Nejden lystes av ett blekt månljus, men då han häpen skådade omkring sig, såg han en flyende, som liknade Sorgbarn. Huru hade de kommit in i skogen? Han gav sig icke tid att grubbla häröver utan skyndade efter vålnaden. Men när riddaren öppnat dörren till tornkammaren, låg den lille pilgrimen på sin matta.

Från denna stund återfingo herr Erlands tankar sin första riktning. Han arbetade flitigt med att sammansätta de sönderslagna bilderna i sin själ till ett fattligt helt. Han samlade alla sina hågkomster från nattens drömmar, jämförde dem med varandra, valde det överensstämmande, förkastade tills vidare det andra, iakttog med förnyad uppmärksamhet Sorgbarns uppförande och beslöt att vaka under nätterna.

Men detta beslut var han likväl icke mäktig att hålla. När kvällen kom, kände han sig så slapp, att han omöjligt kunde jaga sömnen från sina ögonlock. Att sova ensam med Sorgbarn ålade honom hans löfte.

Småningom, efter outtröttligt grubbel lyckades riddaren få sin tavla färdig. Hon var en hemsk mosaik, hoplappad av sprängda, orediga minnen, men gav dock i sin helhet en aning om verkligheten.

Från kvällarne och det halvvakna tillstånd, som föregår sömnen, påminde han sig mer och mer, att två skuggor rörde sig fram och åter över hans panna, och att Sorgbarns ögon lyste mellan dessa skuggor som stjärnor mellan moln.

Han påminde sig vandringar i skogen vid Sorgbarns sida och sökte om dagen återfinna den stig, han trodde sig hava trampat om natten. Men hågkomsten gäckade honom, minnet gycklade, och han gick alltid åt helt andra håll, stundom milslångt, än åt det, som förde till klippbrottet.

Han erinrade sig även målet för dessa vandringar och mötena med Singoalla; men minnena av dessa förmälde sig med allt det fasansfulla, hans inbillning fäst vid den bruna hedningaflickan, och omgåvos därför likasom av ett tjockt töcken, varur de hemskaste bilder skymtade.

Men hans misstankar mot Sorgbarn voro nu rotfästa. Han ruvade på en plan. Varje afton han gick till sängs hoppades han kunna utföra den. Men Sorgbarns kraft segrade. Den lilles hela jordiska omklädnad syntes upplösa sig i denna hemliga kraft.

Den fyrationde dagen från Sorgbarns ankomst till Ekö slott var inne. Det var en mulen dag med regn och blåst. Insjöns böljor skummade, skogens toppar böjde sig, skyarne samlade sig kring klippornas branter. Solen sjönk ned bakom svarta och gulbleka moln. Kvällen kom, och den dystre grubblaren gick till sin tornkammare, följd, som alltid, av pilgrimen. Men dessförinnan hade riddaren dolt en välslipad jaktkniv i sin livrock.

Herr Erland gick till sängs. Sorgbarn lade sig på sin matta. Sanduret viskade, vindflöjlarne på taket gnisslade, insjöns vågor brusade.

Riddaren hade sagt, förrän han lade sig, att han var mycket trött. Också somnade han genast i sin naturliga sömn. Det hörde Sorgbarn av hans andedrag.

Då smög pilgrimen till riddarens säng, och hans små magra händer rörde sig som genomskinliga skuggor över den vilandes panna ned mot hans bröst...

Men endast några sekunder. Riddaren satte sig upp.

— Nu verkade kraften hastigt, sade den lille till sig själv. Stig upp och följ mig! manade hans milda röst.

Riddaren steg upp. Sorgbarn fattade hans hand, förde honom nedför trappan, över det skummande sundet och in i skogen.

— Det är en ryslig natt, sade gossen, vars lockar fladdrade för vinden. Hör, huru det tjuter omkring oss! Det blåser så kallt. Tänk, om träden falla över oss, fader! Låt oss skynda!

— Vart förer du mig? frågade riddaren betänksamt.

— Till vem annan skulle jag föra dig än till min moder, till Singoalla? sade Sorgbarn, förundrad över frågan.

— Singoalla är således din moder?

— Ja visst... Vad du i afton talar besynnerligt!

Riddaren måtte insett, att hans frågor icke voro rätt ställda, och att här vore klokare att tiga än tala, ty han vandrade länge tyst vid pilgrimens sida.

Så kommo de allt djupare in i skogen.

De mörka, sönderslitna skyar, som, likt spillror av ett i stormen förgånget skepp, kringdrevo på himmelen, läto som oftast månen gjuta över nejden en gul, sjuklig belysning. Trädens fram och tillbaka gungande grenar och fläktande löv bredde ett dallrande, av tusen skuggor och dagrar flätat gallerverk över de belysta delarna av skogsmarken; där syntes alla föremål leva, röra sig och hoppa i spökaktigt virrvarr. Men där träden voro lummigare och stodo tätare, låg kolmörker över vandrarnes stig.

Vad är det, som lyser där borta djupare in bland trädens stammar? Det är icke månskenet; det är de röda flammor, som spridas av tjärbloss. I skogen ljuda röster, som icke äro vindens. Och hör deras rop:

— Alako, förbarma dig! Alako... Alako...

Sorgbarn förskräcktes. Riddaren mumlade:

— Avgrundsandarne hava i natt stämt möte.

— Fader, sade gossen och tryckte sig närmare intill honom, jag är rädd... det är en ryslig natt... skydda mig!

Fader! upprepade Erland för sig själv, det var ett besynnerligt ord av denne besynnerlige pilgrim från avgrunden. — Frukta icke, tillade han högt och grep hårt om gossens arm, ingen skall kunna taga dig ifrån mig.

Så vandrade de vidare under knakande, stönande och klagande träd, genom blekgult månsken och svarta skuggor. Alltjämt, om än på större avstånd, ljödo rop av många röster: — Alako! Alako! I stormens vin, i insjöns brus, i månljusets spökfärg, i själva de jagande molnens skepnader lät sig förnimma något ovanligt och dödsbådande.

Alako! tänkte riddaren, i det han föraktligt lyssnade till detta rop, vad betyder det ordet? Var hörde jag det förr? Å, jag vet... besvärjelseordet, som slog min själ i länkar. Men i natt ljuder det förgäves. I natt äro alla besvärjelser vanmäktiga mot mitt beslut.

Han stannade och såg vredgad och rysande upp till månen, vars fläckar tydligare än annars tecknade ett ansikte — ett ansikte, präglat av hemlighetsrik outrannsaklighet. Riddaren lyfte en arm med knuten näve mot den tyste skådaren där uppe, och hans själ talade inom hans sammantryckta läppar: Du, du, som med silverskärans fördömda gåva band anden i min släkt vid anden i dig, i natthimmeln och skogsdjupen! Du, som hämnas vår omvändelse till Herren Krist med att hetsa hednakvinnan, den svartögda vampyren, att suga min hjärtesaft! Alako du!

De voro nu nära klippbrottet.

— Sorgbarn, är vägen till din moder lång? frågade herr Erland, i det han i livrocken trevade efter sin dolk.

— Du talar nu åter underligt... Likasom du icke visste detta, sade Sorgbarn och betraktade sin faders ansikte. Det var ej sådant det plägade vara, när den hemliga kraften verkade i honom. Det var dystert som om dagen, ja mörkare, hemskare.

En förfärande misstanke flög genom gossens själ. Han stannade och utbrast, medan hans inre bävade:

— Herr Erland, vi återvända till slottet. Följ mig!

— I sanning ett löjligt infall, sedan vi gått ut och vandrat så länge i storm och mörker för att träffa din moder! Nej, fromme pilgrim, vi fortsätta vår väg. Vi måste väl snart vara vid målet.

— Vi återvända! Jag befaller dig!

— Ha, du skämtar lustigt. Är icke du min tjänare? Är icke jag din herre? Vem av oss befaller?

Intet tvivel återstod. Den hemliga kraften, på vilken den lille vägvisaren litat, då han sade »jag befaller», verkade icke. Sorgbarns vilja var ej den rådande. Riddaren var vaken; på det såg Sorgbarn en bekräftelse i hans vilda ögonkast.

Gripen av dödsångest föll han ned framför riddaren, omfattade hans knän och bad:

— Herr Erland... fader... gör mig icke illa!

— Vad fruktar du? Har du fått dåligt samvete? Se så, inga narrstreck! Upp, min gosse, och för mig till din moder!

Erland fattade gossen våldsamt i armen och ryckte honom upp.

Ja, jag skall visa dig till henne. Men... du vill väl icke döda henne? Du vill väl icke min moder något ont?

— Tänk ej på hennes trygghet, tänk på din egen, sade riddaren. Nå, lyder du, eller vågar du trotsa?

— Herr Erland, jag lyder... jag lyder gärna. Men lova...

— Tyst! ropade riddaren och drog, ur stånd att längre dölja sin sinnesstämning, jaktkniven ur slidan. Du är din moders medbrottsling, och så sant som hon sugit livskraften ur mitt hjärta lovar jag, att hennes eget hjärta skall i denna natt skälva på udden av min kniv. Och dig lovar jag, att om du ett ögonblick tvekar att visa mig vägen till henne, skall jag döda dig och finna vägen själv. Och träffar jag henne icke i natt, skall i morgon jakthornet smattra, kopplen lössläppas och skallgången draga sin kedja kring den djävulska trollkvinnan. Hon skall icke undkomma mig. Fresta fördenskull icke mitt tålamod med ett ord vidare! Minns för ditt eget bästa den lydnadsed du svurit mig! Framåt!

— Nej, nej! utbrast Sorgbarn med styrkan av ett nödrop och omfattade än en gång riddarens knän. Denne lossade våldsamt hans armar och sparkade honom med hat och avsky ifrån sig.

— Usling, som jag med ett knytnävsslag kunde krossa! Upp, säger jag, och för mig till målet för vår vandring! Lyd eller dö!

— Fader, skona mig! Döda mig icke!

— Fader! upprepade riddaren med ökat raseri. Du som med sataniska trollkonster länge träldbundit och fördärvat min själ, du som är ett helvetets avskum, en bastard av djävul och häxa, vågar du skända en kristen man med fadersnamnet! Du skall dö med din moder. För sista gången bjuder jag dig: Upp och visa mig vägen!

Och då gossen icke rörde sig, grep riddaren hans arm och släpade honom med sig. Sorgbarns lemmar stöttes mot trädrötter, sargades av törnbuskar. Smärtan och förskräckelsen framtvungo kvidande ljud från hans läppar, men hans klagan och det svaga motstånd han försökte uttömde den i blodiga drömmar frossande riddarens tålamod. Han stannade, betraktade sitt offer med en blick av omätlig avsky och stötte dolken i dess bröst.

Han hade gått några steg från stället, som färgades av Sorgbarns blod, då han stannade och sade till sig själv:

— Fader! Vilken lögn!

Han gick åter några steg men stannade och upprepade:

— Fader! Vilken oförlåtlig, grym, förfärlig lögn! Jag skall återvända och ropa i hans öra: Du ljög! Jag är icke din fader... jag skall ropa: Förbannad vare du för denna lögn!

Ett svart moln drog förbi månen och lämnade nejden i mörker. Men riddaren tyckte sig höra rosslingar såsom av en döende och lät vägleda sig av dem. Hans fot stötte mot en kropp. Han lutade sig över den. I detta ögonblick var molnet borta. Månen sken på ett ansikte, som ej var Sorgbarns, ett rysligt förvridet, blåblekt ansikte, stänkt av blodfradga. Det var en okänd, svartmuskig karl. Hans bröst var naket, och riddaren, som häpen betraktade honom, såg på detta den store man dråparens märken: bölder och svarta fläckar.

— Pesten! mumlade riddaren med bleknande läppar.

Han reste sig upp och gick vidare utan att veta vart. Han förde handen till pannan, inom vilken blodet brusade genom en förvirrad hjärna. Än påskyndade han sin gång, än stannade han och såg upp mot den gulbleka, vemodiga månen. Han gick utan tanke och utan mål. Han hörde trädens löv viska ord, än rysliga, så att han spratt till därvid, än hånande, så att han skar tänderna av vrede och ryckte de löv, som viskat så, från deras grenar, än lustiga, så att han gapskrattade, än sorgsna, så att han fällde tårar.

Men besynnerligast viskade till nattvandraren, som nalkades henne, granen där uppe på kullen, på mötenas ställe vid skogsbäcken, ty dit ledde slumpen hans steg. Hon stod där uppe, som fordom, smärt, rak, stolt och trotsig mot stormen. Sörjde hon över den brustna anden, den förtärda gestalten, som förr, men i ädlare former än hennes, bar prägeln av hennes egen kraft och stolthet? Eller hånade hon honom? Han visste icke vilketdera, men han ville veta det och lyssnade, och medan han lyssnade, förnam han där uppifrån eller inifrån sin egen barm någon hågkomst, som ljöd:

— Det vinkar på kullens topp; är det granen, som rör sina dunkla grenar? Är det nyponbusken, som böjer sig, medan vinden plockar hans vitröda blommor? Eller är det Singoallas klänning, som fladdrar, då hon väntar den hon älskar? Jag vet det icke men anar mycket och är lycklig...Ljuvligt är att möta sin flicka, ljuvligast då skymningen vilar över nejden...

Bah, varför upprepa denna visa? Att nu sjunga henne har ingen mening. Det är icke hån och icke medlidande utan ren betydelselös

barnslighet att så göra. Man kan varken vredgas däröver eller skratta. Därom var nattvandraren enig med sig själv. I detsamma påminde han sig dolken, som han ännu bar i handen, och då han i månskenet synade klingan, tänkte han:
Det skulle verkligen kunna vara blod av mitt blod.
Han slängde vapnet ifrån sig och tyckte, att han dock var rätt lycklig, som fått sitt väsen söndrat i så många delar, att han icke visste vilken som vore han själv. Delarna av den styckade ormen leva ett förtvivlat rörligt liv, innan de styvna och varda döda bitar av något, som förr hade sammanhang. Men att de sträva till återförening, såsom sagan påstår, kunde nattvandraren icke fatta. Han för sin del ville ingen återförening. Bäst vore förintelsen, och han borde egentligen skratta åt allt, då han nu visste, att pesten ginge över världen och skulle utrota det mördareyngel, som vimlar i stoftet. Sedan finge gräsen och blommorna växa i fred för djurens tänder, och ingen yxa skulle fälla träden, som fritt finge fläta sina grenar till ett enda valv över den stilla, tigande jorden. Då vore paradiset återställt i all sin härlighet. Men måtte då ingen Adam och Eva komma och fördärva det igen! På en ny Adam skulle följa en ny Kain, som dödade sin broder, och på Kain fäder, som dödade sina söner, och söner, som dödade sina fäder. Under sådana oklara tankar fortsatte riddaren sin vandring kors och tvärs i skogen.
Så hände fram mot dagningen, att han såg ett eldsken och ställde kosan dit.

Dagningen.

Eldskenet kom från klippbrottet.
Denna natt — så hade Singoalla bestämt, så hade hon även sagt till Sorgbarn — skulle vara hennes lyckas sista. Var detta en spådom om det, som denna samma natt skulle bära i sitt sköte? Nej, Singoalla ägde visserligen en spådomsande en utbildad aningsförmåga; men själv skulle hon försäkrat, att det var ett beslut, icke en förutsägelse. Den sällhet hon njutit var outsäglig; den hade gjort allt vad hon lidit till intet, hennes hjärta svällde av tacksamhet mot Gud för dessa nätters mystiska fröjd, för timmarne vid hennes älsklings och makes sida. De voro nu talde, dessa timmar, ty hon såg, att Erland icke kunde bära dem. Han skulle dö, om splittringen mellan dagens liv och nattens fortginge. Men vore icke minnet mäktigt nog att förljuva den saknad hon skulle känna, sedan hon sagt Erland sitt sista, oåterkalleliga farväl och gått för alltid bort ur hans grannskap? Dock varför saknad? Kan icke livet varda en dröm, där inbillningen räcker hjärtat vad det åtrår, där det förflutna är en återvunnen verklighet, som lämnar saknaden intet rum? Ja, Singoalla skulle fördrömma sitt återstående liv. På andra sidan havet, långt bortom

stäpperna österut, är ett land, där palmer resa sig mot en grönblå himmel och luften är mättad av sövande blomsterdoft. Det är vilans och drömmarnes land. Där står, uthugget i klippan, ett underligt tempel, som vaktas av vitklädda, tigande präster. Där slumra på mjuka kuddar, i skuggan av portikerna, prästinnor, vilkas enda kall är, då tamtam ljuder, att dansa i gulds och pärlors skrud en dans till offer åt sinnena, skenet, förändringen, skiftena och att sedan återvända i åskådningen av det eviga intet. Dit skall Singoalla ställa sin kosa, då hon lämnar barrskogens land. Där skall hon för palmen tala om granen i norden, för lotusblomman om näckrosen och för sig själv förtälja en ändlös saga om en blåögd yngling och sjunga denna saga som en vaggsång för sitt hjärta, tills det domnat. Sorgbarn skall vara gosseprästen i detta tempel, där övligt är att gudens rökverk tändes av en gosse, i vars skönhet man tydligen kan läsa förgängelsen. Där skall Sorgbarn i heliga skrifter, som av prästerna förvaras, få lära urtidens visdom, innan spådomen gått i fullbordan, som hon läst i ådrorna på hans ögonlock.

    Så hade Singoalla beslutit. Hon hade smyckat sig till en avskedsfest. Hon var skönare i natt än den dag för tio år sedan, då Erland första gången såg henne vid skogsbäcken. Sällheten hade återgivit henne ungdomsfägringen, men förandligad och änglalik. Kärleken och offervilligheten, som genomträngde hennes väsen, hade gjort denna skönhet himmelsk i stället för jordisk. Den skulle överväldigat ögat som en uppenbarelse från en annan värld, om den ej tillika genomskimrats av ett något ur denna världen, men ur det outgrundligaste djupet i den — något av furuskogens sus och stjärnenattens mystik, något trolskt och natursymboliskt...

    Grottan var prydd med höstens sista rosor. Assim hade tänt elden på äriln. Singoalla hade sagt honom, att han nu gjorde det för sista gången, och Assim hade tigande emottagit den upplysningen. Singoalla hade bett honom hava allt redo för uppbrott nästa morgon, och han hade tigande fullgjort hennes önskan. Nu stod han och stirrade tigande i elden och såg, huru bränderna mörknade, kolades och vordo till aska. Han tyckte stundom, att han såg in icke i härdens eld utan i sitt eget hjärtas.

    Singoalla satt på sin bädd av mossa med pannan lutad i handen, sänkt i drömmar eller lyssnande till ljud, som kunde båda ankomsten av de efterlängtade. Hon kunde sitta så timme efter timme. Hennes levnad under dessa dagar hade varit ett sådant bidande. Hon förnam knappt tidens flykt och aktgav dock på ögonblicken.

    Där ute rasade stormen. Då och då fann en vindstöt väg mellan klipphällarne in i grottan och hotade att släcka brasan, som lyste henne.

    — De dröja i natt länge, sade Assim efter timmars tystnad. Och då denna anmärkning, som ej väntat svar, ej heller fick något, sade han till sig själv, i det han lade några grenar på elden: Än en liten stund skall lågan brinna. Men snart har hon förtärt sig själv. Det är gott. Vi skola få ro.

Assim gick till grottans öppning, såg upp mot himmelen på den bland moln tågande månen och hörde med njutning stormens sång. Härligare än under denna natt hade nordanskogen aldrig tonat, så tyckte han. Han ville giva ord åt vad han förnam, men kunde icke. Så mycket uppfattade han dock, att i sången voro sammansmälta värdighet och vrede, kval och mannamod, dystra rön och segervisshet.

Men bland dessa toner hördes andra, som icke voro storm ens. Det ropade ute i skogen: — Alako, Alako! — och Assims anlete, som uttryckt något svärmiskt och drömmande, fick då prägeln av en helt vaken och lyssnande förvåning. När han övertygats, att örat icke gäckat honom, sade han med hög röst till Singoalla:

— Här i skogen äro människor, som åkalla vårt folks gud!

— Det är genljudet av min bön, sade Singoalla och lyfte sitt huvud. Jag har bett mitt folks gud om försakelsens kraft och fått den. Men hör du icke andra röster i skogen? Hör du icke Erlands stämma och Sorgbarns?

— Nej.

— Natten är förskräckande för dem, som kunna frukta. Måhända bävar Sorgbarns hjärta och förvillar rädslan hans steg. Gå dem till mötes, Assim, och ledsaga dem hit!

— Här är mycket att röna i natt i skogen, sade Assim och gick.

Då han sent omsider återvände, bar han den döende gossen i sin famn och lade honom vid Singoallas fötter.

Visst kunde det varit krångligt nog att leta sig fram och klättra bland dessa om varandra vräkta klippblock och hällar, helst nattetid vid osäkert månsken; men det gick likväl helt lätt, och riddaren tyckte, att han mer än en gång förr gjort det rönet och ägde en viss vana därvid. Han endast undrade, att han i sin gosseålder, då han strövade så mycket i skogen och företrädesvis uppsökte och älskade dess dunklaste gömmor, dock icke gjort närmare bekantskap med denna lustiga stig, som lovade föra in i bergkungens slott.

Nu, var han ej långt från grottans öppning. Då hejdades han av en tanke, att han ju gick ute denna natt för att fortsätta hednaguden Tors verk och döda skogens argaste troll, den förledande jättekvinna, som sugit livskraften ur hans hjärta. Men så påminde han sig pesten, som var kommen över världen för att utrota allt levande och sålunda gjorde allt annat dödande överflödigt, ja småaktigt och befängt. Och så erinrade han sig den bleke gossen och ordet fader och dolken, som, drypande av veropande bloddroppar, slängdes i en buske, och granen på kullens topp och sången: »Ljuvt är att möta sin flicka, ljuvligast då skymningen vilar över nejden.»

Detta var en förvirrande blandning av minnen, och riddaren kunde icke reda dem. Nåväl, varför icke förhålla sig likgiltig mot dem alla, varför fästa den ringaste vikt vid något förflutet, närvarande eller tillkommande? Man är ute och vandrar för vandringens egen skull, man bryr sig icke om ett mål för sin färd, man går in i den här grottan, därför att man råkat rikta sina steg åt det hållet och ej för något annat. Man är en strömbädd för en städse rinnande flod av föreställningar, men man låter floden ha sitt lopp och söker icke kvarhålla någon av hans böljor.

I en sådan känslostämning gick riddaren vidare och steg med likgiltig hållning in i grottan.

Han såg sig omkring. Bredvid honom stod, lutad mot väggen, en mörk man, som på honom fäste glödande ögon. Men detta besvärade icke riddaren. Det var återigen ett av dessa intryck, för vilka man kan vara alldeles likgiltig. Men längre bort i grottan såg han något annat. Han såg en kvinna, skönare än hans inbillning kunnat skapa, sorgsnare, där hon knäböjde över den döde gossen, än all den sorg som riddaren kunnat tänka sig — ty den sorg han hitintills sett hade alltid varit blandad med svaghet och begär efter tröst eller ock med förtvivlan eller ock med vrede, men denna sorg var enkel och oblandad och intet annat än sig själv. Han igenkände hos denna kvinna anletsdrag, som han älskat och hatat, avgudat och fördömt; för hans minne uppgingo tavlor av solsken och blomsterdoft, skiftande med andra av natt och förfäran. Han kände sig ånyo förvirrad. Då hörde han den mörke mannens röst, som sade:

— Singoalla, riddaren är här. Du behöver icke längre bida döden.

Och till riddaren sade mannen, fattande hans arm:

— Tveka icke utan fullborda vad du börjat! Hon känner ärendet, i vilket du kommer. Sorgbarn hann att anmäla dig, innan han slöt sina ögon. Du kommer för att hämnas den oförrätt Singoalla tillfogat dig, då hon gjorde dig till sina ögons ljus och sitt hjärtas åtrå och sitt löftes make och sin sons fader. Hon har grymt förolämpat dig med kärlek och trohet. Hon förtjänar döden och önskar den av dina händer. Hon vill dö bredvid det första offret för din rättmätiga vrede — din egen son. Ja, hon är mycket brottslig och förtjänar döden, det kan jag intyga, som hört de otaliga suckar, ditt minne avpressat henne, och sett de oräkneliga tårar, hon för din skull gjutit. Döda henne, herr riddare! Därefter kommer uppgörelsens stund emellan dig och mig.

— Det är onödigt, sade riddaren. Jag gick ut för att döda henne, därutinnan har du rätt, men skogen har ingivit mig andra tankar. Pesten är kommen, och det tjänar till intet att fuska i dödens hantverk. Detta och mycket annat har jag i natt lärt av skogen. För övrigt är kvinnan icke densamma, som jag söker, fastän de likna varandra. Hon där borta är ett mänskligt väsen; hon fäller tårar över sitt döda barn, och hon synes mig så sorgsen, att jag känner ve i min själ, då jag betraktar henne...

— Vad, ropade Assim, tvekar du fullborda vad du börjat? Har du mod att rygga tillbaka? Vågar du besinna dig, då skall du höra det förskräckliga, att...

— Håll! sade riddaren. Jag har mod till vad som helst och fruktar intet. Ingen har ännu kunnat säga, att jag fruktar. Jag har mod att besinna mig. Stör mig icke, ty det börjar klarna i min själ, och jag skall snart hava samlat mina minnen. Denna kvinnas anlete sprider belysning djupt in i det förgätnas schakter.

— Skynda! sade Assim. Hon *vill* dö för din hand. Hon kan icke leva och på samma gång veta, att du, hennes make, har dödat hennes och din egen son. Var icke grym emot den arma kvinnan! Hon önskar döden som en nåd. Belöna henne för den mildhet hon visar dig! Hon har icke yttrat ett hårt ord över sitt barns mördare; hon har anklagat sig själv men icke dig...

— Ja, sade riddaren, du har rätt. Hennes ansikte uttrycker en innerlig, rörande godhet. Jag älskar detta ansikte, fastän dess åsyn vill smälta mitt hjärta. Jag är en hård och sträv man, häftig till lynnet och böjd att förakta människor; men denna kvinna skulle genom sin blotta närvaro förändra mig, helst om jag finge sätta mig vid hennes knän och hon ville läsa för mig ur någon helig bok om Guds kärlek och förbarmande...

— Han är sig icke lik, sade Assim rysande, han talar som en vansinnig. Herr riddare, ropade han högt, samla icke dina minnen, akta dig för hågkomsterna från din ungdom, du skall annars erinra dig hövdingens femtonåriga dotter, det späda barnet, vars hjärta du rövade... du finge se en verklighet och skulle gripas av en ånger, omöjlig att uthärda! Nej, behåll de heliga fördomar, vilka hitintills varit din rustning, din sköld och båge, och rusa blint fram på den väg, som du stänkt med blod! Jag säger dig, att denna svartögda kvinna är ett väsen av annan art än du, ett barn av den outgrundliga naturen, vilket, likasom blomman, ej fått annat dop än himmelens dagg och regn, aldrig tillbett under annat tempelvalv än det stjärnströdda och aldrig omsvävats av annan rökelse än markens dimmor. Hon har aldrig stänkts av vigvattenskvasten, aldrig välsignats av prästens händer och har intet hopp att komma i din himmel. Hon är — förstår du mig icke? — en förkastad varelse, en okristen, ett halvtroll, en häxa, som med sina blickars och kinders och stämmas hedniska trollmakt förhäxat dig och med detta outsägliga brott förtjänat döden. Upp, riddare! Stöt ned henne! Du är utan vapen... se här ett svärd! Mörda trollpackan, likasom du mördat hennes avkomma! Fort! Ingen besinning! Fort, eller är det jag, som dödar dig! — Och Assim satte svärdet i Erlands hand och ville rycka honom med sig. Men denne

lösgjorde sig från hans tag och sade utan häftighet:
— Du talar så, som jag hört munkar tala. Nog av: du vill förvirra mig men lyckas icke. Kvinnan där borta är ej en häxa utan ett Guds barn, som sörjer över världens olycka och har ett ömt hjärta även för mitt elände. Ty att jag är olycklig, vill jag ej neka. Jag känner mig hågad att gråta och att ångra, fast jag icke rätt vet, om det är endast jag, som förbrutit mig mot någon, eller om ödet också förbrutit sig mot mig...
Han tog några steg fram mot Singoalla och fortfor:
— Stackars kvinna, du sörjer denne gosse, och du vet kanske icke, att det är jag, som dödat honom. På min riddareära försäkrar jag, att jag gärna ville giva mitt liv för att återvinna hans och stilla din smärta. Men det förmår jag icke och lovar därför allena vad jag kan hålla: att aldrig återvända under mitt tak utan, om pesten skonar mig, kläda mig i tagelskjorta för mina återstående dagar och leva av växternas rötter och dagligen bedja Gud om förlåtelse för mig, syndare. Detta vill jag göra. Jag skall från denna stund icke återse min hustru Helena och min son Erland; jag skall övergiva mitt slott och mina ägodelar samt tillbringa mitt liv som botgörare här i skogen. Detta kan väl icke giva dig någon tröst, men det skall hugsvala mig själv; ty att jag är olycklig, känner jag för varje ögonblick, ju längre jag betraktar dig, ju mer det klarnar inom mig, ju bestämdare mina minnen varda, ju vissare jag övertygar mig, att du... o Gud! att du... ja, jag igenkänner dig, Singoalla... du min ungdoms dröm... min första kärlek... min maka!

Förut orörlig som en bildstod lutade sig nu Singoalla djupare ned över sin sons lik, och riddaren hörde, att hon grät. Då gick han fram, upplyfte henne och slöt henne i sin famn. Hans bröst hävdes, hans ögon fuktades av tårar, genom vilka framglänste blicken av en klarnad ande. Men denna omfamning var kort, en tanke upplöste den; riddaren vände sig bort och skred, med handen tryckt mot pannan, ut ur grottan, och Assim, som följde efter honom genom klippbrottet, såg honom långsamt vandra in i skogen.

Pesten.

Dagen kom med tung luft och mulen himmel. Då solen någon gång lyste fram mellan skyarne, var hennes sken gulblekt och ovanligt. Blåsten hade upphört och vindstilla inträtt, som oaktat den mulna himmelen medförde kvalm.

Tidigt om morgonen väcktes munkarne av en häftig ringning. Den tjänande brodern Johannes öppnade porten och såg en man, klädd i brokiga, slitna kläder. Han begärde få tala vid munkarne. Snart visade sig några av dessa med sin prior i spetsen. Med en hastig blick granskade pater Henrik mannens anlete och utbrast:

— Vad vill du? Du tillhör det gudlösa folk, som för tio år sedan plundrade detta kloster, eller ock gäcka mig mina ögon.

Men mannen svarade: — Den saken kunde du haft tid att glömma. Jag kommer nu för att bedja dig om hjälp, ifall du har någon hjälp att giva. Vi anlände hit i natt och lägra i skogen. Böldpesten rasar ibland oss.

— Böldpesten? upprepade priorn med stelnande tunga.

— Ja, svarta döden, sade mannen.

— Svarta döden! upprepade munkarne och raglade mot valvgångens pelare eller kastade sig framstupa på golvet eller sänkte bleknade anleten mot bröstet, mumlande: — *Miserere, Domine!*

Pater Henrik sansade sig först och sade till mannen: — Vi skola alla följa dig.

— Upp! fortfor han till munkarne. Skördemannen är kommen. Här gäller att rädda vetet, medan ogräset uppryckes att förbrännas i evig eld. Upp och rusten er till högtidlig procession! Tagen kors, hostia, dopfunt och relikskrin! Upp!

Munkarne reste sig darrande. En fjärdedels timme därefter skred tåget ur klostret. Den främmande mannen visade vägen. De enskilda vandrare, som mötte det, kastade sig till jorden. Bland dessa visste några redan om den hemska gästens ankomst; andra, som anlänt från sina enstaka hem i vildmarken och på morgonen icke skådat ett mänskligt anlete, voro okunniga därom. Munkarne, medan de med kors och fanor, hostia och relikskrin skredo framåt, sjöngo, men sången förtonade klanglöst i den tunga luften, liksom hade skogens ekon dött bort:

Aufer immensam, Deus, aufer iram,
Et cruentatum cohibe flagellum:
Nec scelus nostrum properes ad æquam
Pendere lancem.

Non opus summi pereat magistri,
Nec sinas passam fore passionem,
Corde sed manans lavet omne crimen
Sanguis et unda.

Folkhopen följde processionen, som, förd av främlingen, tågade till svedjelandet, där det främmande folket nu, liksom för tio år sedan, hade lägrat sig.

Här såg man lik, sjuka och döende. Här såg man stum förtvivlan, dödsfasa, sorg, och hjälplöshet. Några av det främmande folket upphovo vilda rop: — Alako, Alako! Andra ilade med ömsom fulla och tomma bägare från och till en närbelägen källa för att med hennes vatten svalka de sjuka.

Jämmerropen tystnade, när processionen framträdde ur skogsbrynet och pesthymnens dystra toner svävade över svedjelandet. Insvept i ljusa skyar, som uppstego ur rökelsekaren, skred tåget runtom fältet. Men inom hopen, som nyfikenheten lockat att följa, spred sig som en viskning ordet pesten, och åskådarne skingrades som agnar för vinden.

Pater Henrik fattade korset, vandrade fram mellan döda och levande och planterade den heliga sinnebilden mitt på jämrens fält. Därefter spredo sig munkarne över svedjelandet för att rädda hednasjälar och lindra plågor. Friska och sjuka böjde sina huvuden vid dopfunten och emottogo det bad, genom vilket de skulle vinna nåd hos de kristnas gud. Mången sjuk, som nyss döptes, fick snart som döende åtnjuta den sista smörjelsen. Med vin och vatten läskades torkade gommar, med tröstens ord förtvivlade sinnen. De främlingar, som voro friska, uppmanades att fatta spadarne och gräva en grav åt de döda. Så skedde även, och en munk mässade timme efter timme med entonig, darrande men outtröttlig röst vid randen av denna grav, som emottog flera och flera offer.

Medan munkarne gjorde detta, spred sig underrättelsen om den store mandråparens ankomst över hela trakten. Alla hjärtan bävade. Mången tänkte på mänskliga medel att avvända olyckan från sig och de sina. Några flydde med hustru och barn längre sunnanskogs; nybyggarne i ensliga skogshemman lade fram båge och pilar för att hota envar, som vågade nalkas deras tak.

Men den hemska gästen kunde pil och båge icke bortskrämma. Redan under de sistförflutna veckorna hade flerestädes i nejden misstänkta dödsfall inträffat, men ingen trott eller velat tro, att det var den fruktansvärdes verk. Nu, då intet tvivel om hans närvaro var möjligt, syntes ock de sista osynliga hindren för hans härjningslust vara på en gång nedslagna. Natten efter det främmande folkets ankomst ilade mordängeln från dörr till dörr, och intet förbundstecken på dörrposten vägrade honom inträde.

— Nej, deras vatten och vin och olja och sånger och rökelser gagna till intet. Vi måste dö. Låt oss då leva, medan vi leva. De oförskräckta vandringsmännen höves det att fira lustiga fester vid gravens rand.

Så talade män av det främmande folket och togo sina vapen och drogo till Ekö slott, vars källare säkerligen vore väl försedda med öl och vin. Då de kommit till sundet, funno de fallbron uppdragen och på borggården män, som bundit dukar kring sina ansikten, så att föga mer än deras ögon voro synliga; de vandrade för sig själva, likasom de fruktat att komma varandra för nära.

— Hallå! Ned med bryggan! ropade främlingarne.

De få männen på borggården svarade på denna uppmaning med hotande åtbörder, därefter med stenkast och bågskott. Men främlingarne vadade, obekymrade därom, över sundet. Då flydde slottsfolket i båtar över sjön åt andra sidan. Sedan var det lustigt liv på Ekö slott: dryckeslag och sång till inemot natten, då skaran avtågade, lyst av mordbrandsflammor från torn och tinnar.

Men fru Helena och hennes son och hennes tjänarinnor hade redan om förmiddagen av slottets sista dag flyttat till klostret, i hopp att inom helgedomens väggar och i gudsmännens närhet återfinna något lugn för sina bävande själar. Var riddar Erland och den lille pilgrimen voro, visste ingen.

Sju dagar hade försvunnit, då vid midnattstiden klostrets portklocka ringde.

Efter en stunds förlopp hördes steg i korridoren, och en röst frågade: — Vem är där ute?

— Broder portvaktare! Vän Johannes! Jag igenkänner din röst. Öppna för Erland Bengtsson Månesköld!

— Vad! utropade rösten, lever ni ännu, herr riddare? Eller är det en villa, som gäckar mitt öra?

Porten öppnades, och den tjänande klosterbroderns bleka, avfallna ansikte, nu stämplat med en viss förundran, visade sig vid skenet av en lampa, som han höll i handen.

— Broder Johannes, sade riddaren, räds icke! Jag är ej en vålnad utan en levande människa, så märkvärdigt det än vill synas både dig och mig, ty varthän mitt öga skådat, är fältet så väl mejat, att knappt ett strå står upprätt.

— Allt är förvandlat, sedan jag sist såg er, herr riddare. Vill ni stiga in i denna dödens boning, så är ni under detta tak den ende levande jämte mig.

— Nej, svarade riddaren, jag har avlagt ett löfte att icke inträda under ett av människohänder byggt tak. Dödens boning är för övrigt här ute lika väl som där inne. Världen är en kyrkogård, och du synes mig, broder Johannes, såsom en, den där, ännu levande, jordats i densamma. Så förekommer jag mig själv även. Visst är, att mitt hjärta är dött och begravet och ej kan känna någon sorg mer.

— Väl det! Din barm skulle annars icke kunna rymma all din sorg. Vet du, att din maka är död, att dina trognaste tjänarinnor avlidit, att din fader och lärare, pater Henrik, icke mer är ibland oss? Har du sett den kolade återstoden av ditt slott, herr riddare? Allt är fåfängligt, allt, allt!

— Lämna din lampa och följ mig ut, sade riddaren. Jag är fullt förtrogen med tanken att ha förlorat allt, som varit mig dyrbart.

— Herren gav och Herren tog; välsignat vare hans namn! suckade munken, i det han trädde ut och gick vid riddarens sida. Det är blott några timmar sedan jag begrov min älskade prior, men förunderligt!... mina ögon hava haft inga tårar för hans minne. Det är med mig som med dig; jag har jordat mitt hjärta i mina bröders grift.

— Vem av dem bägge dog först, min maka eller min son? frågade riddaren med något svävande röst.

— Din son lever ännu... har jag icke sagt dig det?... såvida han icke dött, sedan jag lade honom i tröstarinnans famn. Gud sände mig en ängel i skepnaden av en kvinna, som hugsvalande suttit vid din makas dödsläger. Vem hon var, vet jag icke. Hon har aldrig förr varit sedd i denna nejd. Hon talade till den döende fru Helena sköna ord och hugsvalade henne med att ofta nämna ditt namn.

— Jag vet då, vem denna kvinna är, sade riddaren. Och det var i hennes famn du lade min son?

— Ja, vad annat skulle jag göra?

— Är hon nu borta härifrån?

— Ja, hon följde det främmande folket eller rättare: det främmande folket följde henne. Det var förvånande att se: när hon visade sig första gången för dem, vart det jubel bland de förtvivlade, stillhet bland de våldsamma, och farsoten flydde från svedjelandet. Hon är ett högre väsen, och din son vilar gott på hennes arm.

De båda männen vandrade en stund under tystnad bredvid varandra. Riddaren rönte en känsla av tillfredsställelse däröver, att han ägde intet mer att förlora, intet mer att hoppas. Han kände sig äntligen stå fri emot sitt öde. Han var skövlad på allt men knotade ej; det vore orimligt att i denna förvandlingens, förgängelsens och dödens värld pocka på en varaktig äganderätt till timlig lycka. Den som spelar med i sinnelivets brokiga lek må fatta lekens mening. Den guldglänsande sky, som simmar i morgonrodnaden, är i all sin skönhet ej det rätta föremålet för eviga känslor. Solglittret på vattnets yta, böljan, som höjer sig och sjunker, suset i ekens krona, vill du avkräva dem en evighet, som de icke äga, vill du kristallisera dem i former, som trotsa förvittring? Varom icke, så fordra ej heller evighet av borgar med torn och tinnar, ej av rikedom och ära, ej av huslig lycka, ej av något bland allt, varefter den oerfarne griper och vars bortgång han ägnar onyttiga tårar. Den som en gång fått fotfäste på det evigas klippa rädes icke, om världssfärerna brista, himmel och jord sönderfalla i atomer. Det är endast ett solglitter som slocknat, en bölja som sjunkit, en susning som förstummats. Riddaren såg upp till stjärnorna och kände, att vadhelst hans öde, i dem skrivet, ännu kunde förbehålla åt en framtid, så skulle han ej förskräckas mer och ej fröjdas mer: han var fri — fri emot allt som är företeelse och händelse och tillfällighet och låter mäta sig med tidens mått. Men bakom företeelserna hägrade i hans själ ett annat, som ej försvunne med dem. Vad Helenas, vad den lille Erlands, vad Sorgbarns och Singoallas försvunna bilder innebure, vad som symboliserade sig i deras framträdande och bortgång, det vore något för döden oåtkomligt, eller kanske hellre något, som döden skulle förklara.

En hemsk bild var natten i skogen, då månskenet darrade på en blodfläckad klinga, men även den bilden förfärade honom icke mer; han var enig med sig själv därom, att skuld måste utplånas, och ville gärna, såvitt som skuld på honom vilade, låta den stränga vedergällningen taga ut sin rätt. Han ägde ej en vågskål att väga sin egen andel i sitt livs mörka öden, och hade han ägt en sådan vågskål, skulle han bortkastat henne utan att väga, ty han kände ingen lust att köpslå, pruta och dagtinga om skuld och vedergällning. Och han tänkte därvid på en annan symbol — försoningens, och det var med andakt han lyssnade, då brodern Johannes, som vandrade vid hans sida, avbrytande tystnaden, sjöng med sakta röst en vers ur pesthymnen:

>Da crucem, clavos, scuticam, coronam,
>Lanceam, funes rigidamque mortem
>Inter iratam mediare dextram
>Et mala nostra.[3]

Erland Månesköld och brodern Johannes vandrade hela natten i skogen. Då morgonsolen gick upp över ett landskap, vars stillhet ingen fågels sång, ingen skällas klang, ingen vallande herdes lur upplivade, emedan svarta döden nyss övergivit det och lämnat tystnaden kvar — då stodo de båda männen på kullen vid skogsbäcken, och brodern Johannes sade:

— Således, broder Erland, är det här i denna kulle vi skola gräva vår eremitboning.

— Ja, sade Erland, här skola vi bo. Han kastade en blick ned på gräsmattan vid foten av kullen, där ännu invid bäckens rand dröjde några av höstens sista blommor. Därifrån svävade hans blick inåt skogen i den riktning, varifrån i forna dagar hans själs älskade hade kommit honom till mötes.

Gräva vi här på östra sidan? frågade Johannes. Vi väckas då av

---

[3] Vredens Gud! Ditt rysliga gissel sjunker!
Mellan dig och bävande syndare medle
korset, spjutet, spikarne, dödens smärta,
blodiga kronan! *(Över. ur första uppl.)*

morgonrodnaden och kunna hälsa den uppgående solen med en morgonpsalm.

— Nej, broder, sade Erland, om du icke föredrager den östra sidan, så låt oss välja denna åt väster, åt bäcken till, där vi kunna bjuda aftonsolen, bilden av vår egen sjunkande levnadssol, farväl med hymnen om återuppståndelsens hopp.

— Väl, vi välja då den västra sidan...

— Om du själv icke hellre önskar den andra...

— Nej, nej, gode broder, sade Johannes och betraktade med en mild blick den forne riddarens förr så stränga och bjudande, nu så blida och undergivna ansiktsuttryck. Återvändom till klostret för att hämta våra spadar! Och sedan till arbetet!

Skogens eremiter.

Det var en vacker sommarkväll. Synkretsen i väster färgades av guld och purpur. Regnet, som hade fallit vid middagstiden, hade uppfriskat nejden; granar och ängar doftade, människorna andades med njutning den rena luften.

Fjärran i skogen hördes nyodlarens yxa; där pågick idogt arbete; ty i fält, som tjugufem år, sedan pestens tid, legat obrukade, gällde det nu att sätta plogbill.

Vid ingången till sin grotta satt den ene av traktens eremiter, den av folket högt vördade gudsmannen Erland. För en timme sedan lämnade han örtagården, där han nästan hela dagen sysslat med hacka och spade. Nu satt han på mossbädden och såg med drömmande blick in i aftonrodnaden, varav ett återsken föll på hans lugna anlete. I handen höll han en bok, en mystisk andes betraktelser, hans älsklingsbok, för flera år sedan hämtad ur det övergivna klostrets valv.

Brodern Johannes, den andre eremiten, hade nyss återvänt från fisket i insjön och tillredde nu aftonmåltiden.

Johannes, som annars sällan bröt den av Erland älskade tystnaden, var i kväll ovanligt språksam. Han hade på sin väg från sjön sett något märkvärdigt i skogen och kunde icke avhålla sig från att omtala det.

Han hade sett män av främmande utseende, förnäma och stolta till sitt skick, präktiga till vapenbonad, rastande med sina hästar i skogen. De voro utan tvivel långväga resande, och de hade på latinska målet frågat honom om bästa ryttarevägen norrut mot Vättern. Vilka de vore och vad deras ärende, kände han icke.

Erland lyssnade med välvilja, icke just därför att en sådan händelse verkligen var ovanlig och kanske värd att gissa över, utan därför att Johannes synbarligen var road av att tala därom och tycktes utkräva något anspråk på nyfikenhet från sin väns sida.

Vilka dessa män voro och vad deras ärende, visste, som nämnt, Johannes icke, och sagan själv kan endast antyda, ty mörker vilar över mycket i det förflutna. De hemliga skrifter, som under sju insegel, i ett brödraförbunds gömmor, bevara dettas anor från ett äldre, sprängt förbund, skulle, om de uppsloges för oinvigda blickar, uppenbara åtskilligt om ett tåg, som »riddare av det grusade templet» och »forskare av de brinnande bålen» gjorde till norden, för att även där, om möjligt, finna elementer av den urtidens religion, varav de samlat spridda drag från Indiens pagoder, Egyptens gravtempel, Delfis och Eleusis' underjordiska valv, det salomoniska templets grus och druidernas grottor, för att förena dem alla till en gloria kring korset. De skulle kunna förtälja, dessa hävder, att med tåget följde en indisk prästinnas unge son, invigd till »riddare av det grusade templet», förtrogen med öster- och västerlandens visdom och ägare av stora skatter. Mer kan sagan icke antyda.

Medan brodern Erland ännu vilade vid ingången till sin grotta och drömde sig in i den bleknande aftonrodnaden, sågs på andra sidan bäcken en av främlingarne, en kraftig yngling med brun hy men blonda lockar, närma sig. Han stannade, såg sig omkring likasom med igenkännande blickar, ehuru han säkerligen aldrig förr varit på denna fläck, gick därefter över vattnet och fram till eremiten och satte sig på mossbädden bredvid honom.

Med undran åsåg Johannes, där han stod på något avstånd, detta uppträde, och hans undran växte, när Erland och ynglingen samtalade med varandra och Erlands anlete under samtalets lopp präglades av kraftig uppmärksamhet. Johannes' undran nådde sin höjd, när han slutligen såg, huru ynglingen, först efter en lång omfamning, med tårar skildes från Erland och gick tillbaka in i skogen.

Att fråga om betydelsen av denna syn, det ville Johannes icke, ty det vore ju alltför tydligt ett bevis på en för eremitlivet icke rätt passande nyfikenhet. Men han väntade, att Erland själv en dag skulle säga något därom.

Erland sade dock intet. Följande morgon, när Johannes gick att fiska i insjön, följde honom brodern Erland.

Johannes sköt ut sin båt och gjorde sitt fiskredskap i ordning. Han sjöng härunder med dämpad röst en visa om Simon Petrus fiskaren. Erland satt vid stranden i skuggan av en lind och fördjupade sig åter i sin kära bok »Om vilan i Gud».

SINGOALLA DRAMATISERAD.
(FRAGMENT.)

Första handlingen.
Första uppträdet.

(Klostrets bokrum. Välvd kammare med ett spetsbågefönster i bakgrunden. Väggnischer med helgonbilder. Mellan dem å rummets ena sida bokhyllor med folianter; å den andra en dörr. Under fönstret ett bord med krucifix. I förgrunden ett annat bord, likasom det förra, av tunga former, vid vilket pater HENRIK och ERLAND sitta framför en uppslagen bok. Oväder utanför. Man hör regnets fall mot fönstret.)
Pater HENRIK. ERLAND.

Patern.
Det är en högtidsstund för mig, min son,
då vid din sida jag får genomvandra
den helga stad av tusenårig ålder,
vars utanverk är denna pärm, vars rigel
är denna häkta, konstigt utarbetad,
vars byggnader i ädelt majestät
på säker grundval resa sig mot höjden,
så luftiga och dock mot tiden trygga,
ty deras kolonnader äro tankar,
och varje valv är spänt av himmelsk längtan.
Så vandrom vidare på dessa gator,
med safir lagda och med ädel jaspis!
Var slöto vi? Den helge *Augustinus*
må än en stund oss läska med sin nektar.

Erland.
Här, gode pater, här. (Seende mot fönstret.)
Kolmörkt där ute,
och regnet öser ned i strida strömmar.

Patern.
Välan...

Erland.
Timglasets sista sandkorn viskar ren,

att timmen lidit.

Patern.
Ha, jag glömde tiden!
Så vänder jag mitt sandur än en gång
och lever så ännu en lycklig timme
med himlens helgon, glömsk av timligheten.

Erland.
(Lyssnande.) Allt mäktigare ljuda vindens toner
ur skogens djup.

Patern.
Du synes tankspridd, gosse.
Ack, jag förgäter dina sjutton år!
De älska solen mer än studielampan,
och det är rätt av dem: »allt har sin tid».
Nåväl, du ser, jag sluter redan porten
till Herrens stad[4] och fäller bommen ned,
ty skymningen är inne; han får sova
till nästa väkt —

(Hopknäpper pärmarne och sätter folianten på sin plats i hyllan.)

Erland.
(Stiger upp från stolen. Till sig själv.)
Jag måste upp och ut.

Patern.
Så är vårt studium slut för denna afton.
Du lämnar mig.

Erland.
Farväl, min gode fader!
I morgon är jag här vid vanlig timme
igen.

---

4 »De civitate Dei», ett verk av Augustinus.

Patern.
Farväl! Min vördnadsfulla hälsning
till riddar Bengt och till hans huses ära,
din ädla mor!... Men hur det regnar ute!
Hur blåsten skakar fönstrets höga poster!
Och jag, som intet märkt av denna storm,
som nalkats oss där ute, medan vi
av helga runors frid och värme njöto.
Säg, vill du icke stanna, medan stormen
drar hädan? Stränge herrars makt är kort.

Erland.
Nej, fader.

Patern.
Dock din väg till riddarborgen
är icke lång, och mörker skyr du icke.
Men tag min kappa! Kvinnans verk vid sländan
försonar vandraren med regn och blåst.

Erland.
Onödigt, fader Henrik. Mellan mig
och himlens vindar kräves ej försoning,
ty fiender vi ännu aldrig varit.
Jag älskar skogen, natten, molnen, stormen.
Nu vill jag ut, men ej till riddarborgen,
det tysta hemmet med sitt enahanda.
Nu vill jag ut i skogens dunkla djup.

Patern.
Du är dig lik. Jag känner denna längtan,
jag känner den, men jag förstår den icke.
Av folket kallas du *den vilde* Erland,
och kolaren, som bor i enslig hydda,
vet att förtälja, hur han mången midnatt
med barn och maka väckts av nattlig sång
ur skogens mörker, och han skulle häpnat
och trott, att nattens vålnader sitt spel bedreve,

om ej han känt *din* röst, du vilde Erland —
du vilde gosse och ändock så stilla,
så mild och tankfull, när du vid min sida
i helga studier din tid fördriver.
Men lyd mitt råd, o Erland! Älska icke
den mörka natt med hennes skräckgestalter.
Den dödlige är skapt att älska ljuset,
det rosiga; och dagens gyllne stjärna,
tids nog den släckes för hans blick ändå.
Ty ljus och mörker, dag och natt, de växla
symboliskt, såsom goda tankar växla
med onda i tvedelad mänskobarm.

Erland.
Det där förstår jag ej. Mig synes natten,
den tusenögade, långt mera skön
än enögd dag, om än hon blundar med dem alla.
Men nog härom. Jag har nu skäl att vandra
en annan stig än den till Eköns slott.
Min far har dragit ut att halvvägs möta
herr Ulvsax, väntad såsom gäst där hemma
i denna kväll. Med riddar Ulvsax kommer
hans dotter.

Patern.
Ah, Helena! Jag förstår,
ja, nu förstår jag väl den lust som driver
dig ut i kväll mot stavkarl, ulv och stigman
och nattens troll.

Erland.
Av mörkret överraskad
måhända riddar Ulvsax med sin dotter
har farit vill. Men jag, jag känner skogen
och varje stig, som människa och myra
på milsvidd trampat bland dess furustammar.

Patern.
Väl, sök dem då! Jag vet, att det är ljuvt
förnimma vänlig röst på villostigar
och vid sitt rop: »Vem där?» till okänd skepnad,
som plötsligt träder upp på misstänkt väg,
till svar av hjärtlig röst få höra: »Vän,
god vän!» och trycka välbekanta händer.
Men säg mig, Erland, du som mycket älskar
att slunga pilar efter skogens vilddjur
och mången natt på vild och enslig jakt
ditt läger valt på mossbehupen klippa,
säg, har du aldrig sett i månens sken
den tysta skogsfrun mellan skogens stammar?
Ha aldrig klippans åbor, dvärgaskaran,
okunnig om ditt grannskap, vimlat fram
ur klyftorna att breda ut sitt smide
på enslig hed och syna det vid månsken?
Ha aldrig dessa troll, som fordomdags
med flintspjut kämpade mot våra fäders
järnskodda lansar, tills de slutligen,
besegrade, från öppna landet drevos
längst in i bergens obekanta gömmor,
men ännu, ruvande på hämnd och mord,
frambryta stundom under nattens timmar
att mana storm utöver stilla ängder,
att reta floder över deras bräddar,
bevinga klippor emot vigda tempel
och gjuta syndigt tal i sömnens öra —
ha aldrig dessa uppträtt för din syn
för att med rysliga gestalters sanning
till vanvett skrämma eller ock med skönhets
antagna sken till lust och synd förföra
den arme, som de finna på sin stig?

Erland.
(Undvikande.) Å nej, just icke.

Patern.
O, så tacka himlen

och änglaskaran, som i natten vakar!
Själv, må du veta, har jag prövat sådant.

Erland.
(Livligt.) Ni, fader? Men berätta vad ni sett!

Patern.
Sett har jag föga men har *hört* dess mera,
med egna öron hört. Förstår du mig?
Rätt mången natt, sen jag min vila helgat
med sång och bön, har i den trånga cellen
jag plötsligt väckts av hiskeliga toner
här utifrån, som ingen mänsklig strupe
har kunnat alstra: ljud av hemsk förtvivlan,
med hån och avgrundsglädje rysligt blandad.

Erland.
Och sen?

Patern.
Mer har jag icke att förtälja.

Erland.
Vad tror ni detta var?

Patern.
Jag vet det ej.

Erland.
Väl har jag även... och jag tänkte just
i dag, när jag gick hit, att fråga eder
erfarna tanke om... dock nej, jag vet ej,
om jag berätta bör...

Patern.
Berätta, Erland!

Erland.
Nej... icke ännu. Först jag måste pröva,

om vad jag sett och hört är värt förtäljas,
om det helt enkelt var en jordisk syn,
fast mindre vanlig, eller om den var
från denna underjord, vars väsenden
jag hittills fåfängt...
Dock en annan gång
skall jag måhända kunna säga mer.
Ni eller ingen, fromme, vise fader,
skall höra denna sägen ur min mun.
God natt, min lärare!

Patern.
Gud signe dig!
Farväl och minns, att vandrarns bästa stav
och sköld och lykta är en bön till Herren.
(Erland går.)

Andra scenen.
PATERN.
Patern.
Guds änglar skydde honom på hans väg!
Men kvällen lider. (Går till fönstret och ser ut.)

Utgivarens tillägg och anmärkningar.[5]

    Singoalla meddelades första gången i *Aurora*, Toalettkalender för år 1858, Göteborg 1857, C. F. Arwidsson. Novellen var först avsedd att endast upptaga ett par ark, men allteftersom manuskript hämtades, visade sig, att den kom att fylla — 136 av kalenderns 184 sidor! Härav framgår, att den äldre uppgift, det Singoalla skulle härröra från V. R:s Lundatid, ej kan vara riktig, varom för övrigt denna prosadikts mognad bär inre vittnesbörd. Men möjligt är ju, att idén till denna prosadikt redan då föresvävat honom.
    Som särskild bok utgavs den, med icke obetydligt omarbetat slut, år 1865 å Oscar L. Lamms förlag och med ovan meddelade förord. — Tredje upplagan utkom 1876 å Torsten Hedlunds förlag. Den fjärde utgavs å Alb. Bonniers förlag, såsom praktupplaga med illustrationer av Carl Larsson, år 1894. Den nu utgivna, femte, följer ordagrant fjärde

---

5 Till femte upplagan, 1896.

upplagan. Dessutom meddelas såsom tilllägg i denna upplaga, efter förf:ns handskrift, ett fragment ur en påbörjad dramatisering på vers av denna Rydbergs prosadikt. Det förefinnes ganska väsentliga olikheter mellan första upplagan och de senare, i det att, såsom ovan nämnts, framförallt *slutet* är helt olika. I kapitlet *Den sista nattvandringen*, som även i övrigt företer flera olikheter, låter Rydberg i första versionen Erland — sedan han stött jaktkniven i Sorgbarns bröst och sagt den lille »pilgrimen från helvetet» farväl för alltid — vid sin hemkomst till slottet finna fru Helena och den lille Erland slumrande i dödens sömn. Assim, som »velat göra Singoalla lycklig även om dagen», har under nattens mörker smugit sig in genom fönstret samt dödat hennes och Sorgbarns medtävlare om Erlands kärlek.

Kapitlet *Dagningen* i de senare upplagorna saknas i den första. I dennas slutkapitel, *Pesten*, berättas (efter scenen utanför klostret vid pestens ankomst, som är lika med den senare versionens), att Singoalla för evigt bortjagat Assim, sedan han berättat om den lycka, han trott sig skänka henne genom att döda Erlands maka och son. Hon förbannar honom.

Singoalla vill försona det brott, som är begånget. Hon går på morgonen till klostret för att bedja munkarne taga vård om Sorgbarn och ville sedan begiva sig till slottet och överlämna sig i riddarens våld. Men hon bortvisas från det pestsmittade klostret; och från slottet jagar folket henne bort med stenar, då de tro henne vara »pestflickan», en kvinna av det folk, som fört plågan dit.

Riddar Erland irrar ikring i skogen. Sedan han kastat in ett gåvobrev på Ekö slott genom klosterfönstret, finner han vid klosterkyrkan, hurusom mängden samlats kring en öppen grav för att däri begrava en levande människa, i tron att därmed skydda sig mot pesten. Denna människa är Singoalla, som Erland räddar, i det han jagar bort hopen.

Därefter mötas åter Erland och Singoalla i skogen vid Sorgbarns lik. Erland är slagen av pesten, och Singoalla bringar honom vatten och vårdar honom. Sedan hon biktat för Erland, att Sorgbarn var hans och hennes barn, försonas de inbördes och med Sorgbarns minne. Och under det riddaren hör pesthymnens toner från klostret, utandas han sin sista suck. Snart sluter även Singoalla vid Sorgbarns och Erlands sida sina ögon i dödens famn. »Det var tyst, ty den store mandråparen hade fulländat sitt verk.»

Efter berättelsen följa dessa reflexioner:
»Sagan slutar, såsom när under ett strängaspel strängarne plötsligt brista i ett disharmoniskt ackord, förrän detta hunnit upplösas i försonande samljud. Ty harmoni och försoning, var finnas de här nere?

Hör, stormen börjar åter brusa i skogen! Sjunger hans vilda röst om harmoni och försoning? Orkanen ryter högt över jorden, men nere i dess mull arbetar förgängelsen, alstringskraften och åter förgängelsen. Blomman uppspirar, för att dess skönhet skall maskstingas; barnasjälar uppstiga ur det obekanta för att iklädas stoftskrud och orenas av synden. Trängtar du efter evig skönhet, obefläckad oskuld, oförgänglig lycka, sök den icke på jorden, men hoppas på evigheten!»

Från och med andra upplagan är, som man finner, slutet väsentligen ett annat; slutackordet är ej längre så disharmoniskt. — Skillnaden mellan andra (1865) och tredje upplagan (1876) är mest språklig; ord som pröva, befalla, beskydda, äro utbytta mot fresta, mana, hägna o. d. Den dikt, som förekommer i kapitlet »Sorgbarn», får först i tredje upplagan sin n. v. lydelse; förut löd den helt olika, sålunda:

»Vredgas icke, goda moder,

gråt ej heller, goda moder,

om du icke är en syster

till den mörka nattens skyar;

ty när nattens skyar vredgas,

fräsa blixtar över världen,

och den vida världen bävar

ty när nattens skyar gråta,

då förrinna de i tårar,

då försvinna de i tårar,

och de äro icke mera.»

I fjärde upplagan är första kapitlet så gott som helt och hållet omskrivet; epitetet »vilde», som förut i de första kapitlen ständigt användes framför Erland, är försvunnet. I kapitlet »*Avtåget*» äro nya: Assims samtal med modern och hans besvärjande av gudarne; likaså i kapitlet »*Sorgbarn*»: riddarens tal till patern.

Nämnas må slutligen, att enstaka historiskt förklarande notiser, som förekommo i första upplagan, sedan avlägsnats, liksom ock en liten polemik mot de lärde, som »negera» magnetismen.

Om »Singoalla» skrev Rydberg själv i ett brev 1892: »*Hon är min ungdoms dotter, och trots all självkritik är jag ur stånd att känna mig likgiltig för henne.*» Denna äktromantiska prosadikt med sin mystiska timbre torde ock vara det första fullödiga alstret av Rydbergs skaldesnille.

Singoalla finnes översatt till danskan av anonym översättare: Helsingör 1866. År 1895 utgavs den i ny dansk översättning av *Otto Borchsenius* med Larssons teckningar.

På tyska finnes den översatt i Reclams Universal-Bibliothek såsom N:o 2016 av *M. L. Sunder* (Leipzig 1885), på holländska utkom den i tolkning av *Philippine Wijsman*, Amsterdam 1899, och en finsk översättning utgavs av *Juhani Aho* 1895.

KARL WARBURG.

Also available from JiaHu Books:

Brand -Henrik Ibsen
Et Dukkhjem – Henrik Ibsen
(Norwegian/English Bilingual text also available)
Peer Gynt – Henrik Ibsen
Hærmændene på Helgeland – Henrik Ibsen
Fru Inger til Østråt -Henrik Ibsen
Gengangere – Henrik Ibsen
Catilina – Henrik Ibsen
De unges Forbund – Henrik Ibsen
Gildet på Solhaug - Henrik Ibsen
Kærligdehens Komedie - Henrik Ibsen
Kongs-Emnerne – Henrik Ibsen
Synnøve Solbakken - Bjørnstjerne Bjørnson
Det går an by Carl Jonas Love Almqvist
Drottningens Juvelsmycke by Carl Jonas Love Almqvist
Röda rummet – August Strindberg
Fröken Julie/Fadren/Ett dromspel by August Strindberg
Nils Holgerssons underbara resa genom Sverige - Selma Lagerlöf
The Little Mermaid and Other Stories (Danish/English Texts) - Hans-Christian Andersen
Egils Saga (Old Norse and Icelandic)
Brennu-Njáls saga (Icelandic)
Laxdæla Saga (Icelandic)
Die vlakte en andere gedigte (Afrikaans) - Jan F.E. Celliers